LEUTNANT X

Geheimagent Lennet auf der Insel des Schweigens

Schneider-Buch

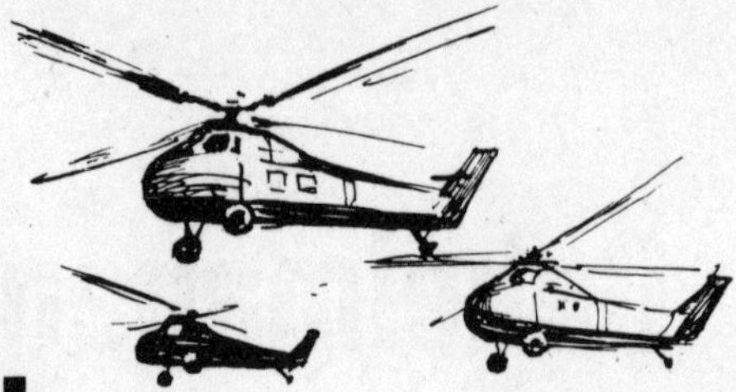

Inhalt

Ein Ritter der Gegenwart

Der Himmel hatte sich eigentümlich grün verfärbt, riesige Schmetterlinge gaukelten durch die Abenddämmerung. Von Zeit zu Zeit schossen Schwärme von fliegenden Fischen aus dem blinkenden Spiegel des Meeres heraus und fielen nach einer kurzen Strecke wieder ins Wasser zurück.

Der Hafenkapitän, ein alter Bretone mit einem von Falten durchfurchten Gesicht, schlug mit der Faust auf den Tisch.

„Das ist eine hirnverbrannte Idee", grollte er, und um das Wort noch zu bekräftigen, fügte er hinzu: „Eine Schnapsidee! Eine Wahnsinnsidee!"

Lennet lächelte liebenswürdig. „Sie wollen damit sagen, daß es die Idee einer Landratte ist, Kapitän?"

Der alte Seebär hob verächtlich die Schultern. „So ein Milchbube wie du, gerade achtzehn Jahre alt, der nur mit Mühe das Steuerruder halten kann, will eine Überfahrt von fünfzehn Tagen machen, ganz allein wie ein Weltumsegler!"

„Ich habe aber einen Segelkurs gemacht", gab Lennet zu bedenken.

Das war natürlich gelogen. Richtig war, daß der junge Geheimagent des französischen Nachrichtendienstes FND Leutnant Lennet einen anderen Segelkurs gemacht hatte, einen, der sehr viel härter war als die normalen Kurse, einen Kurs mit mehreren Marineoffizieren, die sich ganz speziell um ihn kümmerten, um in Rekordzeit einen Segler aus ihm zu machen.

Der alte Kapitän grinste:

„Deswegen kannst du noch lange nicht segeln, mein Kleiner. Und warum willst du eigentlich unbedingt nach Honolulu?"

„Wenn ich es sage, lachen Sie mich bestimmt aus!"

„Er wird noch mehr lachen, wenn Sie es ihm nicht sagen", warf ein schlankes Mädchen ein, das ebenfalls mit am Tisch saß und an einer eiskalten Limonade nippte.

„Es ist . . . so eine Art Wette", gestand Lennet.

„Das ist interessant", bemerkte ein englischer Sportsegler, der bis dahin noch kein Wort gesprochen hatte. „Und was ist das für eine Wette?"

Einige andere Mitglieder des Yachtclubs, die ebenfalls auf der Veranda saßen und die abendliche Kühle genossen, traten interessiert näher. Seit seiner Ankunft auf der Insel Obubu, das heißt, seit heute morgen, war Lennet die Zielscheibe der allgemeinen Neugier. Schließlich kam es ja nicht alle Tage vor, daß „ein Franzose aus Frankreich" in den kleinen Hafen der polynesischen Insel verschlagen wurde.

Lennet warf einen hilfesuchenden Blick in die Runde und gab sich dann scheinbar geschlagen.

„Da muß ich Ihnen etwas aus meinem Leben erzählen. Aber Sie haben es ja so gewollt. Wie Sie wissen, bin ich Verkaufsleiter in einer großen Schreibmaschinenfabrik . . ."

„In deinem Alter?" unterbrach ihn der Kapitän zweifelnd.

Lennet bemühte sich, rot zu werden.

„Mein Vater ist Vizepräsident in der Firma. Jean Blanchet. Vielleicht haben Sie von ihm gehört!"

„Das erklärt natürlich alles", dröhnte der Bretone. „Erzähl weiter."

„Ich bin viel auf Reisen, und ich bin dabei auch schon mehrfach in diese Breiten gekommen. Allerdings noch nie nach Obubu selbst. Weil es mir hier so gut gefallen hat, habe ich beschlossen, meinen Urlaub auf den Inseln zu verbringen. Das Land ist so schön, die Leute sind so nett . . . zu meinem Unglück. Denn eines Tages habe ich mich in ein Mädchen verliebt, das ganz verrückt ist aufs Segeln. Wir haben ein paar Ausflüge miteinander gemacht, und alles schien aufs beste zu laufen. Ich habe mich bei der Familie vorgestellt, der nebenbei gesagt die Hälfte aller Kokosplantagen in Polynesien gehört, ich habe Bilder nach Hause geschickt . . . Und da bemerkte das Mädchen plötzlich, daß ich gar kein so guter Segler bin. ‚Ich heirate nie einen Mann, der vom Meer keine Ahnung hat', erklärte sie. ‚Und das sollst du mir beweisen. Fahre von den Marquesas nach Honolulu auf Hawaii. Ohne Mannschaft natürlich! Wenn es dir gelingt, weiß ich, daß ich mich geirrt habe!' – ‚Und wenn ich ertrinke?' fragte ich. – ‚Dann werde ich um dich trauern', antwortete sie. – Und so bin ich hier."

„Und wie heißt dieses Schätzchen?" fragte ein Mitglied des Yachtclubs, das eine prächtige Admiralsmütze auf dem Schädel hatte.

„Das kann ich Ihnen leider nicht sagen. Bitte verstehen Sie mich."

„Aber die Strecke von den Marquesas nach Hawaii ist gefährlich!" gab der Engländer zu bedenken. „Und zwar wegen der Strömungen. Zweihundert Kilometer von Obubu gibt es einen äußerst gefährlichen Bereich. Er ist zwar nicht so schlimm wie das berüchtigte Bermuda-Dreieck, aber doch fast. Man wird dort von den Strömungen nach Osten abgetrieben und weiß nicht, wo man sich wiederfindet."

„Das ist wahr", bekräftigte der Kapitän. „Es gibt da furchtbare Strudel."

Diesmal versuchte Lennet, bleich zu werden. „Daran habe ich gar nicht gedacht", sagte er gespielt kleinlaut. „Vierzehn Tage auf dem Meer, und das allein in einem Boot, ist schon kein großes Vergnügen. Aber jetzt gefällt es mir noch weniger. Was soll ich bloß machen?"

„Heiraten Sie einfach eine andere", meinte das junge Mädchen und schüttelte die blonden Haare zurück. „Mich zum Beispiel. Aber ich habe keine Kokospalmen, ich habe bloß Pfirsichbäume."

„Es wäre mir ein Vergnügen", erwiderte Lennet, „wenn ich nicht schon in Mademoiselle . . ., das Mädchen, von dem ich gesprochen habe, verliebt wäre."

„Ein großes Vermögen in Kokospalmen und dazu verrückt aufs Segeln, das kann nur die Tochter von Carlos sein", fand der Admiral.

„Wenn es nicht die kleine Berger ist", warf eine ältere Dame ein. „Aber wer immer es auch ist, es ist unmenschlich, von einem ‚Franzosen aus Frankreich' so etwas zu verlangen!"

Alle schlossen sich dieser Meinung an. Seit er hier war, hatte Lennet schon begriffen, daß es hier etwas ganz Besonderes war, ein „Franzose aus Frankreich" zu sein.

„Unmenschlich?" rief er scheinbar heftig. „Aber nicht im geringsten! Dieses Mädchen verlangt von mir eine Mutprobe, wie sie einst die Damen des Mittelalters von ihren Rittern gefordert haben. Der einzige Unterschied besteht darin, daß ich kein Pferd, sondern ein Boot brauche. Kann mir jemand von Ihnen ein Boot leihen oder vermieten oder auch verkaufen? Ein Boot, mit dem man eine solche Überfahrt riskieren kann?"

„Wir sind doch keine Mörder!" sagte die ältere Dame würdig.

„Außerdem lieben wir unsere Boote!" meinte das blonde Mädchen.

„Ohne Yacht ist man auf diesen Inseln aufgeschmissen!" Das war der Admiral. „Und wir hätten keine Garantie, daß Sie uns unsere Kähne wieder zurückgeben könnten."

„Sie werden hier kein Boot bekommen", schloß der Engländer.

„Wollen wir wetten?" fragte Lennet.

„Um einen Kasten Wermut", erwiderte der Engländer sofort. Dieser spezielle Wermut, der gleichzeitig nach Orangen schmeckte, war damals gerade große Mode in Polynesien. Aber Lennet, der niemals Alkohol trank, hatte ihn noch nie gekostet. Dagegen hatten die ältere Dame, der Admiral und manche anderen Gäste des Yachtclubs bereits etliche Gläschen hinter die Binde gegossen. Der Engländer glaubte deshalb, besonders höflich zu sein, als er diesen Wetteinsatz vorschlug, und Lennet fand es lustig, ihn anzunehmen. Er konnte nicht wissen, daß dies für ihn in nächster Zeit von Bedeutung sein würde.

„Gut", sagte er, „einen Kasten von diesem speziellen Wermut, den Sie alle hier trinken!"

„Wenn ich ein Boot hätte, ich würde es Ihnen leihen", meinte das junge Mädchen. „Aber ich habe nur das von meinem Vater."

Der Kapitän schlug mit der Faust donnernd auf den Tisch.

„Macht, was ihr wollt, Kinder", schrie er. „Der Junge ist mir sympathisch. Und dieses Mädchen, das keine Landratte zum Mann will, ist es noch mehr. Und schließlich ist es ja von hier nach Honolulu auch keine Fahrt in die Hölle. Und dieses Bürschchen ...", er gab Lennet einen freundschaftlichen Schlag auf den Rücken, „ist auch nicht dümmer als irgendein anderer! Wenn man mit achtzehn nicht verrückt ist, wann soll man es dann sonst sein? Hawaii ist zweihundert Meilen entfernt, und wenn es die Strudel nicht gäbe, wo wäre das Vergnügen? In fünfzehn Tagen kann unser Freund Jerome sein Coca Cola bereits in Honolulu trinken!"

„Wenn er dann nicht schon dabei ist, den Pazifischen Ozean zu trinken", bemerkte das Mädchen ironisch.

„Sie werden doch dieses Kind nicht diese Dummheit begehen lassen", jammerte die alte Dame entrüstet.

„Das Kind ist über achtzehn Jahre alt, also volljährig", entgegnete der Hafenkapitän. „Und ich habe gerade etwas da, was ihm helfen kann."

Lennet ließ den Hafenkapitän nicht aus den Augen. Der Bretone wußte nicht, was die Mission „Schere" bedeutete; er kannte weder den Namen noch den Rang dieses „Jerome Blanchet", aber er hatte die entsprechenden Befehle empfangen. Der Fremde und er hatten die Parole ausgetauscht: Lennet konnte auf die Mitarbeit des alten Mannes rechnen, der schon seit vielen Jahren für den französischen Nachrichtendienst arbeitete.

Der Admiral rief: „Ich kenne Ihren Kahn! Ich will ja zugeben, daß Sie etwas von Schiffen verstehen! Aber nicht einmal Sie würden es wagen, mit dem alten Wrack eine Runde um die Insel zu machen!"

„Irrtum! Irrtum! Es handelt sich gar nicht um den ‚Ruhigen Vater', sondern um die ‚Windsbraut'. Ich habe sie gerade gekauft und so hergerichtet, daß sie wie neu ist."

„Was ist die ‚Windsbraut'?" fragte Lennet.

„Ein Sechsmeterboot, wie neu, als Schaluppe mit Zwillingsvorstagsegeln getakelt."

„Genau, was ich brauche! Ich kaufe sie Ihnen sofort ab!"

Es gab unzufriedenes Gemurmel.

„Das können Sie doch einem ‚Franzosen aus Frankreich' nicht antun", murrte der Admiral.

„Wie neu, das ist wahr", meinte Liane spöttisch. „Das Boot ist sechseinhalb Jahre alt."

„Falsch, wieder falsch!" schrie der Bretone. „Es wäre unanständig, wenn ich die ‚Windsbraut' verkaufen würde, ohne sie selbst ausführlich erprobt zu haben. Paß auf, was ich dir vorschlage, mein Lieber: Du bringst sie nach Honolulu und verkaufst sie dort an einen reichen Ami. Dann schickst du mir, was du herausgeschlagen hast. Dann haben wir beide etwas davon."

„Und wenn ... und wenn wir beide nicht nach Honolulu kommen?"

Der Bretone hob fatalistisch die Schultern. Liane flüsterte Lennet ins Ohr: „Das ist ihm egal. Er hat sie für 'n Appel und ein Ei bekommen!"

Am Äquator ißt man spät zu Abend, und so hatte der Kapitän vor dem Essen noch Zeit genug, Geheimagent Lennet, oder vielmehr Jerome Blanchet, die Nußschale zu zeigen, der dieser sein Leben anvertrauen sollte.

Im Hafen lagen viele kleine Boote. Auch einige Touristenschiffe und Fischerboote wiegten sich an den Leinen. Die „Windsbraut" war eine Yacht mit etwas schwerfälligen Formen, braun mit roten Streifen.

Der Bretone zog das Boot an der Leine heran und sprang auf die Planken. Lennet folgte ihm. Im Bug der Yacht befand sich eine kleine Kabine mit zwei Schlafkojen. Der Mast ragte hoch in den Himmel.

Das Steuerrad hatte Handgriffe, die sicher in der Hand lagen, der Kompaß hatte eine Kuppel aus Glas, die Takelage war vollständig, wie der Kapitän stolz zeigte.

„Und Sie glauben, daß man damit bis nach Honolulu kommt?" fragte Lennet gespielt naiv.

Der alte Mann und der junge Bursche sahen sich an. Sie wußten beide, daß sie dem gleichen Nachrichtendienst angehörten, daß sie sich vermutlich niemals mehr wiedersehen würden und vor allem, daß ihre Pflicht darin bestand, ihre Begegnung so rasch wie möglich wieder aus ihrem Gedächtnis zu streichen. Auch jetzt spielten sie ihre Rollen, als wüßten sie nicht, wer oder was der andere sei: Es konnte sein, daß man sie von fern beobachtete oder abhörte.

„Warum eigentlich nicht?" fragte der Bretone.

„Dieses Schiff ist nicht mehr das jüngste."

Für die Aufgabe, für die es gebraucht wurde, war dies auch gar nicht notwendig. Doch der Bretone wußte dies nicht, und so wäre es sonderbar gewesen, wenn Lennet nicht bemerkt hätte, daß das Holz schon ziemlich mürbe war.

„Das Alter spielt gar keine Rolle", entgegnete der Hafenkapitän. „Aber die Instrumente sind ganz neu, sehen Sie sich das an."

Er hatte recht. Die Finanzabteilung des Nachrichtendienstes bestand nicht aus Dummköpfen: Ein Schiff, das dazu bestimmt war, in nächster Zukunft auf den Grund des Meeres zu sinken, brauchte nicht neu zu sein, aber das Leben eines Agenten, dessen Ausbildung viel Geld gekostet hatte, durfte nicht durch schlechte Instrumente aufs Spiel gesetzt werden.

„Und wenn ich in Honolulu bin, was soll ich dann für den Kahn verlangen?" fragte Lennet.

Der Bretone wußte ebensogut wie Lennet, daß das Boot niemals nach Honolulu kommen würde, aber es galt, den Schein zu wahren.

„Man muß eben sehen, wie dort die Preise sind", meinte der Kapitän. „Nicht weniger als dreitausend Dollar. Sagen wir eher: Fünftausend. Aber schließlich sind Sie ja Verkaufsinspektor, Sie müssen wissen, wie man so etwas dreht."

Sie sahen sich in die Augen, und kein Wimpernzucken verriet, daß sie eigentlich Komplicen waren. Und der Kapitän sah denn auch nicht, wie Lennet auf allen vieren herumkroch, um sich zu vergewissern, daß der Rumpf des Bootes an mehreren Stellen angebohrt und daß die Löcher wieder stabil verschraubt waren. Ein Fremder hätte sich darüber gewundert, doch der Kapitän hatte sich Mühe gegeben, sie so verborgen anzubringen, daß ein Beobachter sie auf den ersten Blick nicht bemerkte.

„Alles in Ordnung?“ fragte der Kapitän schließlich mit gleichgültigem Gesicht.

„Ausgezeichnet“, entgegnete Lennet.

Er machte einen Rundgang durch den Ort, nachdem er sich von dem Kapitän verabschiedet hatte, und kaufte verschiedene Ausrüstungsgegenstände und Verpflegung. Gegen Abend ging er wieder in den Yachtclub, wo sein „Abenteuer“ immer noch im Mittelpunkt der Gespräche stand.

Es wurde ein vergnügtes Abendessen, auch wenn man allgemein bedauerte, daß der „Franzose aus Frankreich“ nicht länger hierblieb. Ein Journalist, der ganz allein das Lokalblättchen schrieb, machte ein Interview mit Lennet und bezeichnete ihn kühn als „einen Ritter der Gegenwart“. Keiner vergaß in seiner Tischrede auf die Liebe anzuspielen. Schließlich ergriff auch Liane das Wort. Mit dem ernsthaftesten Gesicht der Welt erklärte sie, die Abenteuer von Magellan, Vasco da Gama und Christoph Kolumbus seien gar nichts, verglichen mit dem Unternehmen des Jérôme Blanchet. Und dies alles, weil ein Mädchen schöne Augen habe. Und während sie dies sagte, blitzte in ihren Augen so der Schalk, daß man befürchten mußte, sie werde gleich vor unterdrücktem Lachen platzen.

Als die Heiterkeit im Laufe des Abends langsam in Melancholie umschlug, verabschiedete sich Lennet. Er hatte beschlossen, an Bord zu übernachten, um so früh wie möglich starten zu können.

Ein riesiger gelber Mond stand über dem Horizont, die Wellen des Meeres schlugen sanft gegen Hafenmauer und Boote. Irgendwo hörte man die Gesänge der Eingeborenen.

Lennet sprang an Bord, und er wäre fast gefallen, als er im Dunkeln gegen etwas stieß, das mitten in der Kabine stand. Er zündete die Taschenlampe an. Es war ein Kasten mit zwölf Flaschen Wermut. Der Engländer hatte ihn an Bord bringen lassen.

Schade, daß er sie nicht in den Yachtclub geschickt hat,

dachte Lennet. Dort hätten sicher ein paar Leute ihre Freude daran gehabt. So wird mir nichts anderes übrigbleiben, als sie unterwegs über Bord zu werfen.

Als er den Kasten in eine Ecke schob, bemerkte er, daß er eigentümlich leicht war. Lennet ging der Sache sofort auf den Grund, und es zeigte sich, daß vier der zwölf Flaschen bereits leer waren. Offensichtlich hatten die Leute, die sie brachten, sie leergetrunken, in der Hoffnung, daß der Eigentümer es erst bemerken würde, wenn er schon auf dem Weg war.

Lennet grinste vor sich hin.

Wie die sich wohl fühlen mögen, mit vier Flaschen Wermut im Bauch, dachte er vergnügt.

Er machte sich ein Lager zurecht und streckte sich darauf aus. Er konnte nicht ahnen, welchen Dienst ihm diese unehrlichen Dienstleute erwiesen hatten.

Unsanfte Landung

Beim ersten Schimmer des Tageslichtes war Lennet wieder auf den Beinen. Die Nacht war recht frisch gewesen, aber man konnte bereits ahnen, daß der Tag brennend heiß werden würde. Die Sonne war noch nicht aufgegangen, aber das Meer färbte sich bereits rot. Die Wipfel der Kokospalmen schwankten sanft in der Brise des Morgens. Der Hafen schlief, selbst die Fischerboote der Eingeborenen waren noch nicht unterwegs.

Aus seemännischer Eitelkeit beschloß Lennet, auf den Hilfsmotor zu verzichten und nur mit den Segeln auszulaufen. Der Wind stand richtig. Lennet setzte die Segel, warf die Leine los und bemerkte, wie das Land langsam zurückblieb. Sein Abenteuer hatte begonnen. Er spürte einen leichten Druck in der Kehle. „Mit Gott“, murmelte er vor sich hin.

Zwar ging es nicht gerade nach Honolulu, aber er hatte doch viele Stunden vor sich, in denen er mutterseelenallein auf dem Meer sein würde, und seine seemännischen Kenntnisse waren reichlich frisch.

In den ersten Stunden der Fahrt widmete er seine ganze Aufmerksamkeit dem Kurs. Er überwachte die Segel, den Wind, den Kompaß, und steuerte nur, wenn er mit dem Log die zurückgelegte Strecke gemessen und sich über die Position vergewissert hatte. So legte er etwa zwanzig Meilen zurück, immer mit Kurs auf Honolulu, um einen eventuellen Beobachter in dem Glauben zu lassen, daß er tatsächlich jener Blanchet sei, für den er sich ausgegeben hatte.

Die Küste verschwand als erstes, dann lösten sich die Vulkane, die die Insel überragten, langsam im Dunst auf. Erst als Lennet völlig außer Sichtweite war, änderte er den Kurs.

Es war ein strahlend schöner Tag. Auf den Wellen des Meeres zeigten sich leichte Schaumkronen. Die Zeit verstrich langsam. Lennet war als Agent Einsamkeit gewohnt. Aber es war meist nicht diese Leere von Himmel und Meer, in der er sich jetzt befand. Er begann sich zu langweilen.

Kurz vor Mittag beschloß er, ein wenig zu fischen. Aber auch das nahm nicht viel Zeit in Anspruch. In wenigen Minuten hatte er so viele Fische gefangen, daß es für eine ausgedehnte Mahlzeit reichte.

Gegen Abend änderte sich der Wind, aber er blieb nach wie vor günstig. Lennet aß wieder selbstgefangene Fische, die er sich auf dem kleinen Gaskocher briet. Und während er aß, sah er zu, wie die Sonne in einem flammenden Horizont versank. Das ging sehr rasch. Der Himmel verfärbte sich, und plötzlich war es Nacht.

Lennet gab sich selbst einen Minuspunkt, weil er es versäumt hatte, rechtzeitig die Positionslampen zu setzen. Er holte es in der Dunkelheit nach und überprüfte seine Position auf der Karte. Er hatte etwa die Hälfte der Strecke zurückgelegt.

„Und was mache ich jetzt?" fragte er sich. „Ich lege mich wohl am besten schlafen."

Er war nicht eigentlich schläfrig, aber er war matt von der Hitze und dem blendenden Licht des Tages und wußte überdies, daß ein erfahrener Seemann sich jetzt auch hinlegen würde.

So öffnete er den einen Kasten, nahm die Zwillingssegel heraus, die auf den anderen Segeln lagen.

„Man braucht doch einen Haufen Leinwand, um so ein winziges Ding in Fahrt zu bringen" sagte er laut vor sich hin, als er feststellte, daß der Kasten bis obenhin voll war.

Er befestigte die Segel so, daß sie mit ihren Leinen auf die Steuerung einwirkten und so das Boot auf Kurs hielten. Dann legte er sich hin, aber es gelang ihm erst nach einigen Anstrengungen einzuschlafen.

In der Nacht wachte er dreimal auf. Er erhob sich und ging zum Ruder, um sich zu überzeugen, daß der Kurs stimmte. Beim dritten Mal erlebte er eine Überraschung: Der Kurs war völlig verändert, obgleich die Segel weiterhin gebläht waren wie bei den beiden Malen zuvor.

„Das ist ein Trick, den die Herren mir nicht beigebracht haben", brummte Lennet vor sich hin.

Er nahm die notwendigen Korrekturen vor, um wieder auf den richtigen Kurs zu kommen und beobachtete eine Weile die Fahrt seines Bootes, um sich zu vergewissern, daß es auf Kurs blieb. Die „Windsbraut" machte nicht die geringsten Schwierigkeiten, und Lennet legte sich wieder hin.

Doch er konnte nicht mehr schlafen. Unruhig wälzte er sich hin und her, und beim ersten Schimmer des Morgens erhob er sich, machte sich eine Tasse Kaffee und ging ans Steuer.

Die Sonne ging auf. Leichter Dunst lag über dem Wasser. Ein einsamer Vogel zog hoch oben seine Bahn. Lennet sah auf die Uhr. Sein Bestimmungsort konnte nicht mehr weit sein.

Als der Dunst sich verzogen hatte, gewahrte Lennet in der

Tat auf Steuerbord eine bergige Insel, die etwa fünf Meilen entfernt sein mochte.

Er stieß einen Seufzer der Erleichterung aus.

„Paramotu", murmelte er.

In einer Stunde, vielleicht in zwei Stunden würde seine eigentliche Aufgabe beginnen. Ohne Zweifel wartete ein gefährlicher Einsatz auf ihn, weit gefährlicher als diese Fahrt auf dem Meer, doch er war dann wieder auf der Erde und hatte festen Boden unter den Füßen. Er war erleichtert.

Das Boot nahm Fahrt auf, nachdem die Vorstagsegel losgemacht waren. Es machte gut und gern sechs Knoten. Immer deutlicher wurde die Insel sichtbar. Lennet konnte nun die steilen Basalthänge erkennen und Einzelheiten der reichen Vegetation unterscheiden.

Er nahm das alte Fernglas, das die Finanzsektion des Nachrichtendienstes genehmigt hatte, und suchte die Küste ab.

Zwei Tage zuvor noch hatte er die Insel im Flugzeug überflogen, und er hatte auch lange Zeit mit den Luftaufnahmen von der Insel verbracht, um sich jede Einzelheit einzuprägen. Vom Meer aus gesehen, nahm sich nun alles anders aus. Aber das mochte am anderen Blickwinkel liegen. Die Insel hatte mehr oder minder die Form einer Gitarre. Zugänglich war sie lediglich am „Griffbrett", einer etwa einen Kilometer langen Sandbank, die Lennet von seinem Standort aus nicht sehen konnte, und an den beiden Einbuchtungen des „Resonanzbodens", wo sich kleine Sandstrände befanden. Da er von Südsüdwest kam, steuerte Lennet direkt auf die westliche dieser Bänke zu, die er zwischen zwei Steilfelsen erkennen konnte.

Nachdem er so den Punkt ausgemacht hatte, an dem er landen wollte, begann er die Klippen zu suchen, die eine Annäherung an die Insel so gefährlich machten. Er sah weniger, als er angenommen hatte, und er hatte sogar einige Mühe, eine Klippe zu finden, die seinen Zwecken entsprach: Ein Riff also, nicht leicht zu erkennen und doch dicht genug unter der Wasseroberfläche, daß er vorgeben konnte, daran gestrandet zu sein. Die „Windsbraut" hatte nicht sehr viel Tiefgang.

Lennet näherte sich der Insel zwar von der unbewohnten Seite her, doch es war nicht auszuschließen, daß jemand sein Manöver beobachtete. Es mußte alles so natürlich wie möglich aussehen, wenn er strandete und das Boot unterging ...

Lennet änderte den Kurs und fuhr direkt auf das Riff zu. Dann stemmte er sich gegen das Steuerruder und biß die Zähne zusammen. Es würde einen harten Schlag geben, das wußte er. Sein Segelkurs hatte mit mehreren „Unfällen" geendet, und einer war schmerzhafter gewesen als der andere.

Die Küste kam rasend schnell näher. Schon konnte man an den Palmen die Bündel von Kokosnüssen erkennen. Der Duft von Blüten und Erde mischte sich mit dem salzigen Geruch des Meeres. Kleine Wellen schienen mit dem Boot um die Wette zu laufen, das in wenigen Sekunden seine letzte Reise vollendet haben würde. Und dann: Krach ... es knirschte und splitterte. Lennet wurde fast vom Steuer fortgeschleudert. Doch er hielt sich mit aller Kraft fest. Das Boot war auf einen scharfen Felsen aufgelaufen, der sich tief in den Schiffsrumpf bohrte. Langsam legte es sich zur Seite.

Lennet stürzte in die Kabine. Die „Windsbraut" nahm Wasser auf, aber zu wenig, denn der Felsen, der das Loch gebohrt hatte, verstopfte es auch. Nun, offensichtlich hatte niemand auf der Insel den Zwischenfall bemerkt. Lennet mußte sich also beeilen, das Boot untergehen zu lassen, damit man später nicht mehr kontrollieren konnte, wo und wie es gestrandet war. Das wäre viel zu verdächtig ...

So rannte Lennet von einem Flutventil zum nächsten und öffnete sie. Wasser schoß in Kabine und Cockpit. Die „Windsbraut" begann zu sinken. In wenigen Minuten würde sie mitsamt ihren Segeln, Instrumenten, mit dem ganzen Proviant verschwunden sein. Eigentlich kein Wunder, daß die Vorgesetzten Lennets, die für die Geldausgaben zuständig

Mit lautem Krachen bohrte sich der scharfe Felsen in den Schiffsrumpf

waren, so geknausert hatten.

Lennet ließ die Kabinentür offen und sprang auf den Bordrand. Er sah sich um. Das Riff bot keinerlei Gefahr, die Strömung war nicht sehr stark, bis zur Küste waren es etwa zweihundert Meter – eine Kleinigkeit für einen trainierten Schwimmer wie Lennet. Er atmete ruhig durch und wollte springen.

In diesem Augenblick hörte er hinter sich verzweifelte Schreie: „Hilfe! Hilfe!"

Der blinde Passagier

Lennet stürzte in die Kabine. Das Wasser stieg schnell und hatte schon fast die Matratzen erreicht, die auf den Bordkästen lagen. Die Schreie kamen aus dem Kasten auf der Steuerbordseite.

Lennet versuchte, den Deckel zu öffnen. Das Schloß war verklemmt.

Der Gefangene – oder vielmehr: die Gefangene, denn es war eine weibliche Stimme, die da um Hilfe rief, klopfte mit Händen und Füßen gegen das Holz.

„Ruhig, ruhig!" rief Lennet. „Ich mache auf!"

Er versuchte, den Deckel aufzureißen. Es gelang nicht.

Das Wasser stieg.

Im Kasten hatten die Schreie aufgehört. Aber plötzlich war die Stimme wieder zu hören:

„Ich kriege keine Luft mehr! Tun Sie doch etwas!"

Lennet mußte daran denken, wie er selbst einmal in einem engen Koffer eingeschlossen war. Aber damals stand der Koffer wenigstens nicht im Wasser. Wenn die Gefangene in Panik geriet, war dies kein Wunder.

Er trat einen Schritt zurück und versuchte es mit einem Fußtritt. Doch der Kasten bestand aus hartem, starkem Holz. Er krachte nicht einmal, als Lennet dagegentrat.

Lennet begann nervös zu werden. Er konnte doch den blinden Passagier nicht einfach absaufen lassen, gleichviel, wie er an Bord gekommen war und wie sehr er auch seine Aufgabe störte.

Das Schloß mußte geöffnet werden. Aber wie?

Lennet blickte sich um und suchte nach einem Gegenstand, mit dem er das Schloß mit einem Schlag aufbrechen konnte, denn jetzt kam es auf Sekunden an. Der Segelkasten war bereits dreiviertel voll Wasser. Der Anker? Zu schwer! Eine Brechstange? Es gab keine an Bord. Plötzlich gewahrte er in einer Ecke eine große Axt, die er zuvor noch nicht bemerkt hatte.

Er nahm sie in beide Hände und schlug zu.

Der Riegel brach, das Schloß war offen. Der Deckel flog auf, und wie ein Flaschenteufel oder besser noch, wie ein Geist aus dem Sarg tauchte eine Gestalt auf. Sie war in Segeltücher eingehüllt, strampelte wütend, und dann erkannte Lennet das Mädchen, das am Tag zuvor im Yachtclub mit an seinem Tisch gesessen hatte: Liane.

„Was machst du denn da drin?" fragte er verblüfft.

„Stell dir vor: Ich war am Ersticken", erwiderte Liane bissig. „Hättest du nicht noch eine Stunde warten können mit der Befreiung?"

„Wenn du jemals ersticken solltest, dann sicher nicht aus übergroßer Dankbarkeit", meinte Lennet, der eben dem Mädchen das Leben gerettet hatte und nun dafür nicht ein einziges Wort des Dankes hörte. „Kannst du wenigstens schwimmen?"

„Nicht im Inneren eines solchen Kastens!"

„Du bist also in der Lage, zweihundert Meter in bewegtem Wasser hinter dich zu bringen?"

„Willst du damit sagen, daß es nur noch zweihundert Meter sind bis Honolulu?"

„Ich will damit sagen, daß es gut wäre, du könntest schwimmen. Und wenn du das nicht kannst, hast du vielleicht wenigstens schreiben gelernt, denn du müßtest dann an dein Testament denken."

Sie zuckte verächtlich die Schultern.

„Zweihundert Meter? Wenn nicht gerade ein Orkan herrscht, ist das ein Spiel. Willst du ein Wettschwimmen mitmachen? Ich wette, daß ich dich schlage."

„Gilt!" sagte Lennet.

Die beiden standen bereits bis zu den Hüften im Wasser. Rasch stiegen sie auf die Bordkante und sprangen ins Meer. Lennet bewunderte den Mut des Mädchens, das eben noch dem Ersticken nahe gewesen war und nun wie eine geübte Wettschwimmerin durchs Wasser glitt.

Sie schwamm wirklich sehr gut, aber sie hatte natürlich nicht das Training eines Geheimagenten. Nach dreißig Sekunden war klar, daß sie keine Chancen gegen Lennet hatte.

„Es reicht!" schrie sie. „Du hast gewonnen. Warte auf mich!"

Lennet machte langsamer und drehte sich um: Die „Windsbraut" war dabei, unterzugehen. Guter alter Kahn. Er hatte seine letzte Aufgabe erfüllt.

„Du hast das Wettschwimmen gewonnen!" rief Liane

„Du bist offenbar im Schwimmen besser als im Steuern", keuchte Liane außer Atem, als sie Lennet erreichte.

Er gab sich zerknirscht.

„Wenn meine Verlobte mich so sehen würde, wäre sie nicht gerade sehr stolz auf mich."

Liane warf ihm einen Blick zu, den er nicht zu deuten wußte. Ohne Zweifel war darin etwas Ironie, aber auch etwas wie Furcht und Verblüffung.

Sie schwammen weiter. Die Wellen machten ihnen zu schaffen, aber sie trieben sie auf das Ufer zu. Der Strand zwischen zwei Felsstürzen kam näher. Bald fühlten die jungen Leute den Sand unter ihren Füßen und konnten sich aufrichten. Ihr erster Gedanke galt der „Windsbraut": Sie drehten sich um. Nur noch die Mastspitze ragte aus dem Wasser. Trümmer trieben im Meer.

„Ich verstehe nicht, wie du das tun konntest", murmelte Liane.

„Was tun?"

„Das ist genauso schlimm wie wenn man einen Menschen umbringt", fuhr sie fort, als spräche sie zu sich selbst.

„Meine beste Liane", sagte Lennet, „bedenke, daß ich kein Seemann bin und auch nicht deine Liebe für das Meer teile. Darüber hinaus kommt es ja auch vor, daß man einen Menschen zum Beispiel durch einen Unfall tötet."

„Durch einen Unfall?" rief sie, und wieder tauchte in ihren Augen diese Mischung aus Furcht und Neugierde auf.

Lennet setzte sich in den Sand, zog sein Hemd und seine Tennisschuhe aus und legte sie zum Trocknen auf einen großen Steinblock. Die Äquatorsonne würde sich darum kümmern.

„Wenn du mir nun netterweise erklären würdest, wie du in meinen Segelkasten gekommen bist?"

„Der andere war halt voll mit Lebensmitteln", antwortete Liane, als wäre dies die einfachste Erklärung der Welt. „Im

Segelkasten war noch Platz. Du glaubst nicht, was ich für eine Angst hatte, als du die Zwillingssegel herausholtest. Und warum ich eingeschlossen war? Das Schloß hat sich verklemmt. Das ist alles."

„Ich begreife", sagte Lennet. „Aber meinst du nicht auch, daß es auf dem Bett bequemer gewesen wäre als drunter?"

„Natürlich. Glaubst du, es ist ein Vergnügen, vierundzwanzig Stunden in einem vollgestopften Kasten zu hocken?"

„Ich habe darin keine Erfahrung. Aber du wirst doch wenigstens zugeben, daß niemand dich dazu gezwungen hat."

„Doch: Du. In der Kabine oder im Cockpit hättest du mich doch sofort entdeckt."

„Das ist möglich", räumte Lennet ein. „Kurz: Ich bin an allem schuld?"

„Willst du vielleicht das Gegenteil behaupten?"

Lennet begriff, daß er es mit einem starken Gegner zu tun hatte. Der starke Gegner streckte sich auf dem Sand aus.

„Liane", sagte er, „antworte mir offen, wenn du dazu überhaupt fähig bist: Warum hast du dich an Bord versteckt?"

Sie sah nach oben, als wolle sie den Himmel um Rat fragen.

„Ich sterbe vor Sehnsucht nach Honolulu."

„Und wieso das?"

„Ich weiß nicht. Mir gefällt der Name: Honolulu. Das klingt so poetisch . . ."

„Und glaubst du, daß deine Eltern es sehr poetisch finden, wenn sie entdecken, daß du verschwunden bist?"

„Mein Vater ist auf Geschäftsreise, und meine Mutter liegt in Paris in einer Klinik. Also wird gar niemand bemerken, daß ich weg bin."

Die Geschichte war nicht unwahrscheinlich. Das junge Mädchen lebte allein und war einem Einfall gefolgt. Der Gedanke, daß die Mutter in der Klinik war, rief Lennets Mitleid hervor, und er beschloß, ihr ihre Aufdringlichkeit nicht vorzuwerfen. Doch wenn sie auch hübsch war, schlank und mit großen grünen Augen, es wäre besser, er würde sie loswerden. Was sollte er mit ihr auf Paramotu anfangen? Wenn ihm die Leute von der Atropos-Mannschaft auch seine Geschichte abnahmen, so würden sie doch mißtrauisch werden, wenn er mit einem Mädchen ankam ... Aber er konnte sie ja nicht ertrinken lassen ...

„Liane", sagte er, „du hast keine Ahnung, auf was für einen Schlamassel du dich da eingelassen hast. Vierzehn Tage in einem Segelkasten zu leben, das mag ja noch angehen ..."

„Oh, ich wäre früher herausgekommen. Ich wollte bloß sicher sein, daß du nicht mehr umkehren kannst."

„Aber eine Ewigkeit auf einer einsamen Insel ..."

„Du glaubst, daß wir auf einer einsamen Insel sind? Das ist ja aufregend. Dann bist du Robinson und ich bin Freitag."

„Dann mußt du aber damit anfangen, daß du zum Zeichen deiner absoluten Unterwerfung meinen Fuß auf deinen Kopf setzt."

„Hast du eine Idee, was wir essen könnten? Ich habe einen Bärenhunger!"

„Natürlich habe ich eine Idee."

„Gut, dann bin ich einverstanden."

Sie kniete nieder, ergriff den rechten Fußknöchel Lennets, daß dieser nach hinten fiel und legte den großen Zeh des neuen Robinson auf ihren Hinterkopf.

„So, und jetzt deine Idee."

Lennet stand auf und ging zu den Felsen. Die auf der linken Seite waren eine Enttäuschung, rechts dagegen fanden sie einen ganzen Flor von Muscheln.

„Muß man die roh essen?" fragte Liane.

„Wenn du nicht gerade ein Fläschchen Butangas in deinen Taschen hast ..."

Die Dreistigkeit des jungen Mädchens ging ihm etwas auf die Nerven. Nach allem, was geschehen war, hätte man annehmen können, daß sie aufgeregt sein mußte bei dem

Gedanken, gerade einem Schiffsbruch entkommen zu sein, im letzten Augenblick gerettet worden zu sein. Sie hätte unruhig sein müssen, weil ihr Geschick völlig ungewiß war. Aber nichts von all dem. Sie schien sich hier an dieser Küste völlig wohl zu fühlen, obgleich sie nicht wissen konnte, daß es die Insel Paramotu war, die in der zivilisierten Welt gut bekannt war und auf der fünf Franzosen lebten, mit denen Lennet sich zu beschäftigen hatte.

Nachdem sie begriffen hatte, daß man die Muscheln tatsächlich roh essen mußte, tat sie es mit größter Gelassenheit, öffnete sie mit den Fingern und schlürfte sie, als habe sie dies schon früher getan.

„Und welche Pläne hat Herr Robinson jetzt?“ fragte sie, als sie genug hatten.

„Jetzt müssen wir die Insel erkunden“, erklärte Lennet. „Wir müssen feststellen, ob sie bewohnt ist, wir müssen erfahren, ob die Eingeborenen – falls es hier welche gibt – feindlich oder freundlich gesonnen sind, dann müssen wir uns ein Feuerchen machen – wie, weiß kein Mensch – und dann müssen wir uns eine Unterkunft für die Nacht suchen. Schließlich müssen wir Angel- und Jagdgerät herstellen, die Fauna und die Flora erforschen . . .“

„Das glaubst du wohl selbst nicht“, entgegnete Liane und sprang mit einem Satz auf die Beine, während Lennet noch sein trockenes Hemd und die Tennisschuhe anzog.

„Was soll das heißen?“

„Oh, nichts Besonderes. Ich glaube wirklich, daß wir die Fauna beobachten und die Flora erkunden, daß wir uns Angelgerät und Jagdwaffen machen müssen.“

Wieder dieses ironische Licht in ihren hellgrünen Augen.

„Hör zu, Liane“, sagte Lennet, „wir sind gezwungen, ein paar Tage, ein paar Wochen, vielleicht sogar ein paar Monate beisammen zu bleiben. Diese Gebiete hier sind nicht gerade sehr bevölkert, und bis uns ein Schiff oder ein Flugzeug entdeckt, kann noch viel Wasser . . ."

„An den Strand von Honolulu schlagen."

„Wir müssen in Freundschaft miteinander auskommen oder doch wenigstens ein Bündnis schließen. Im anderen Falle kann uns das teuer zu stehen kommen."

„Gut. Dann fang du damit an, daß du aufhörst, mich anzulügen."

„Ich lüge?"

„Spiel doch nicht den Unschuldigen. Ich bin ja nicht blöd. Du hast nie die Absicht gehabt, nach Honolulu zu fahren!"

„Dann weißt du besser als ich, wohin ich wollte?"

„Ich weiß auf jeden Fall, daß du entschlossen warst, nie nach Honolulu zu kommen."

„Und wieso das, bitte schön?"

Sie zögerte einen kleinen Augenblick und sagte dann hart:

„Du hast die ‚Windsbraut' absichtlich versenkt. Du hast sie absichtlich auf ein Riff gelenkt und dann schnell die zehn Flutventile geöffnet, die in den Rumpf gebohrt waren. Zehn Flutventile! In deinem Auftrag! Ich bitte dich!"

Hinsichtlich des gewollten Schiffsbruches konnte Liane nicht sicher sein. Aber es wäre verlorene Mühe gewesen, zu behaupten, die zehn Löcher im Rumpf hätten sich zufällig dort befunden und Lennet habe sie geöffnet, um ein Fußbad zu nehmen.

Was war unter diesen Bedingungen zu tun? Alles ableugnen? Aber Liane würde ihren Verdacht sofort an die Mannschaft Atropos weitergeben, wenn sie Kontakt aufgenommen hatten, und dann ade mit dem ganzen Auftrag! Irgendeine romantische Geschichte erfinden? Aber so erfinderisch Lennets Gehirn auch war, jetzt fiel ihm nichts ein, was irgendwie wahrscheinlich geklungen hätte. Es blieb also nur eine Lösung: die Wahrheit zu sagen und das junge Mädchen um Mitarbeit zu bitten.

„Nun gut", sagte er. „Wir sitzen im gleichen Boot, also

müssen wir auch aufrichtig sein. Freitag wollen Wahrheit, Robinson geben Wahrheit. Aber Achtung! Wenn Freitag verraten Robinson, Robinson machen Piffpaff mit Feuerstock."

„Dazu müßte man einen haben", meinte Liane knapp. „Also, schieß los."

Sie setzten sich in den Schatten einer Kokospalme, und Lennet begann seine Geschichte: „Was ich jetzt erzähle, wird dir sicher unwahrscheinlich vorkommen. Ich bin französischer Offizier, Offizier im Geheimdienst. Im französischen Nachrichtendienst FND."

Liane betrachtete den jungen Mann mit einem skeptischen Blick.

„Offizier?" sagte sie. „Das finde ich schon sonderbar. Vielleicht eher Schiffsjunge bei der Marine."

„Unterbrich mich nicht!" befahl Lennet. „Der Geheimdienst, zu dem ich gehöre, befaßt sich vor allem mit dem Schutz wissenschaftlicher und militärischer Geheimnisse Frankreichs. In diesem Falle handelt es sich um eine Sache, die unter dem Namen ‚Parzen' läuft. Du kennst ja diese drei griechischen Schicksalsgöttinnen. Es handelt sich um Decknamen für Unternehmungen, bei denen neue Maschinen zur Bekämpfung feindlicher Schiffe entwickelt werden. Die erste Etappe, die Clotho genannt wurde, ist beendet. Die zweite, genannt Lachesis, ist ebenfalls so gut wie am Ziel. Bleibt also noch Atropos, an dem jetzt fünf Wissenschaftler hier auf dieser Insel arbeiten."

„Schau an. Und wie heißt diese Insel?"

„Paramotu. Nun haben wir erfahren, daß eine andere Nation . . ."

„Was für eine?"

„Nimm es mir nicht übel, wenn ich darüber nichts sage. Eine andere Nation also hat es geschafft, die Pläne von Clotho und Lachesis in die Hände zu bekommen und ist wahrscheinlich schon dabei, solche Apparate nachzubauen. Das ist ärgerlich, aber wir können nicht viel machen. Andererseits wollen wir verhindern, daß die Pläne von Atropos den gleichen Weg nehmen. Ist das klar bis dahin?“

„Klar wie die Lagunen von Honolulu.“

„Gut. Man hat also versucht, herauszubekommen, wo das Loch ist, und man hat festgestellt . . .“

„Wie?“

„Durch einen Informanten. Aber unterbrich mich doch nicht dauernd. Man hat also festgestellt, daß die neuesten Informationen über diese Erfindungen ebenso schnell beim Feind sind wie in Paris. Also muß ein Mitglied der Mannschaft der Verräter sein. Nun hat man alle auf Herz und Nieren mit den modernsten Techniken überprüft, und wenn wir davon ausgehen, daß die Untersuchungsmethoden auch die richtigen Ergebnisse bringen, so müssen wir daraus schließen, daß keiner der Mitarbeiter jemals sein Vaterland verraten würde! Bereits zwei Leute wurden unter verschiedenen Vorwänden auf die Mitglieder der Mannschaft angesetzt, und beide kamen zu dem Schluß: Kein Veräter!“

„Kann jemand von außen spionieren?“

„Alle Forschungsarbeiten finden in einer gepanzerten Festung statt, und wenn sich auf einer Insel von sechs Quadratkilometern ein Spion herumtriebe, würde man ihn sofort bemerken. Natürlich kann man die Probeeinsätze von Atropos fotografieren. Aber das würde dem Feind nicht die Informationen liefern, die er nach unseren Nachrichten haben muß.“

„Das Problem ist also unlösbar?“

„Unlösbar!“

„Und darum hat man den kleinen Jérôme Blanchet fortgeschickt, um es zu lösen?“

„Genau. Man hat sich gedacht, mit meinem harmlosen Aussehen und einer hübschen kleinen Schiffbruchgeschichte als Schlüssel könnte ich Nachforschungen anstellen, ohne bei dem möglichen Verräter Verdacht zu erwecken.“

Liane dachte lange nach.

„Das würde alles erklären", sagte sie schließlich. „Aber es gäbe auch noch eine andere Erklärung, und sie wäre ebenso überzeugend."

„Was für eine?"

„Daß du der feindliche Agent bist, der das Geheimnis ausspionieren soll."

„Aber ich habe dir doch gesagt, daß der Feind bereits mehr als die Hälfte der Forschungsergebnisse kennt!"

„Nichts zwingt dich, mir die Wahrheit zu sagen, Jérôme. Aber ich bin geneigt, dir zu glauben. Und, kann ich dir irgendwie helfen?"

Diesem Mädchen konnte man wirklich nicht leicht imponieren. Da trifft sie zum ersten Mal in ihrem Leben einen Geheimagenten und zweifelt erst einmal an dem, was er sagt, um ihm schließlich großzügig Unterstützung anzubieten.

„Ich rechne sogar damit", sagte Lennet. „Du hast mich ganz schön in Verlegenheit gebracht, indem du dich an Bord versteckt hast. Jetzt rechne ich wenigstens damit, daß du ein bißchen in den Geheimnissen von Paramotu herumschnüffelst."

„Einverstanden. Robinson sagen: schnüffeln, also wird Freitag alles schnüffeln, was er kann. Und wie sollen wir jetzt die Aufmerksamkeit der Atropisten oder Atropianer auf uns ziehen?"

„Wir kümmern uns nicht um sie. Wir machen jetzt, was in unserer Lage das Natürlichste ist."

„Und was ist das?"

„Die Insel erkunden. Vergiß nicht: Wir dürfen doch gar nicht wissen, daß wir auf Paramotu sind."

Ganz in ihrer Nähe war ein kleiner Wasserfall. Er bildete so etwas wie eine Naturtreppe, auf der die jungen Leute emporklettern konnten. Die ersten Meter waren ein wenig beschwerlich, und sie mußten sich an Baumwurzeln und Kletterpflanzen festhalten. Dann allerdings ging es leichter. Der

Dschungel war nicht sehr dicht, und sie kamen rasch voran. Ihr Ziel war der kahle Gipfel der Insel, der ziemlich in der Mitte lag. Von dort aus mußte man die ganze „Gitarre“ überblicken können.

Während sie gingen, fragte Liane:

„Eins ist mir noch nicht klar. Der FND weiß nicht, wer der Verräter ist, gut. Aber er müßte doch wissen, wie er dem Gegner seine Nachrichten zukommen läßt. Oder wird die Insel etwa nicht überwacht?“

„Aber natürlich. Sie wird durch Flugzeuge, durch Radar, durch Unterseeboote und durch Funk überwacht. Aber bisher konnte nicht das Geringste entdeckt werden. Wir haben auch die offiziellen Funkverbindungen mit der Insel abgehört, um herauszufinden, ob darin verschlüsselte Nachrichten enthalten sind.“

„Und?“

„Nichts!“

„Wäre es unter dieser Bedingung nicht am besten, die Arbeiten abzubrechen?“

„Daran hat man auch schon gedacht. Aber man ist zu der Auffassung gekommen, daß es wichtiger ist, den Verräter zu entlarven, als die Apparate zu schützen. Du mußt verstehen: Wenn man die Arbeiten abbricht, muß man bis zum Sankt Nimmerleinstag mit dem Verräter leben.“

„Das ist logisch“, meinte Liane kopfnickend.

Je weiter Lennet und Liane vorankamen, um so lichter wurde der Pflanzenwuchs, und um so steiler wurde auch der Weg. Kieselsteine rollten unter ihren Füßen weg. Es gab kaum Tiere, nur große Eidechsen beobachteten die Eindringlinge mit schläfrigen Augen.

Plötzlich rief Liane: „Sieh mal da!“

Zwischen zwei Felsen war eine kleine Sandfläche, und auf diesem Sand war klar und deutlich der Abdruck eines Fußes zu sehen.

„Was mag das bedeuten?"

„Einer der Atropisten, was sonst?"

„Einer der Atropisten?" fragte Liane ironisch. „Oh, natürlich. Die laufen sicher mit nackten Füßen durch die Gegend."

„Warum nicht? Fürchtest du, daß man hier kalte Füße kriegt?"

Lennet war zufrieden, endlich ein Lebenszeichen der gesuchten Wissenschaftler entdeckt zu haben, Liane dagegen schien auf eigentümliche Weise verwirrt.

Sie stiegen weiter und errcichten eine kleine Felsenplattform, von der sie die ganze Insel überblicken konnten.

„Sieh mal da!" rief Liane und deutete auf einen Fußabdruck im Sand

Lennet sah sich um und traute seinen Augen nicht: Die Gitarre besaß gar kein Griffbrett. Und die Insel glich auch überhaupt nicht einer Gitarre, sondern eher einem großen Horn.

Er wollte es nicht glauben, aber es gab keinen Zweifel: Das hier war nicht die Insel, die er vom Flugzeug aus gesehen hatte. Es war nicht Paramotu!

Saturnin, der Einsiedler

„Ich kann die befestigte Villa, von der du gesprochen hast, nirgends sehen", sagte Liane leise, und sie legte die Hand über die Augen, wie um sich gegen die Sonne zu schützen. Oder wollte sie nur ihr Gesicht verbergen?

Lennet sah sie durchdringend an.

„Wir sind nicht auf Paramotu", gestand er.

„Nicht auf Paramotu? Was soll das heißen? Dann verstehst du nicht einmal einen Kurs zu halten. Und so jemand schickt Frankreich los, um seine Kriegsgeheimnisse zu schützen? Meinst du etwa, ich glaube dir den ganzen Jux?"

Die grünen Augen schienen Blitze zu schleudern, doch Lennet wurde den Eindruck nicht los, daß dieser Angriff im voraus geplant und daß dieser Zorn gespielt war.

Liane hatte recht. Er hatte sich vielleicht nicht gerade als Dummkopf, aber doch als sehr naiv erwiesen. Einzelheiten fielen ihm ein. Liane wußte, daß er nicht nach Honolulu fuhr. Nur weil sie die Flutventile entdeckt hatte? Oder hatte sie andere Gründe? Wie konnte sie wissen, wie das Wetter in der Nacht gewesen war? Sie, die doch angeblich vierundzwanzig Stunden im Segelkasten verbracht hatte? Sie war nachts aus dem Kasten gekrochen und hatte sich die Beine vertreten, während Lennet schlief. Wer hätte sie hindern können, dabei auch einen Blick auf den Kompaß zu werfen. Sie verstand genug von Seefahrt, um sofort zu sehen, daß sie sich nicht auf dem Weg nach Haiti befanden. Und plötzlich fiel Lennet ein, daß sich mitten in der Nacht plötzlich der Kurs geändert hatte. Konnte Liane dies irgendwie bewerkstelligt haben? Es war wenig wahrscheinlich, da ja die Segelstellung nicht verändert worden war. Aber sie konnte ... Lennet fühlte, wie er bleich wurde: Er erinnerte sich an die Axt, die er nicht an Bord gebracht hatte, und die überraschend dastand, als er etwas suchte, um das Schloß aufzubrechen. Warum hatte er nur nicht früher daran gedacht? Liane hatte die Axt in der Nacht neben den Kompaß gestellt, und der hatte nun eine andere Richtung angezeigt. Da er glaubte, das Boot habe die Richtung geändert, hatte er sie selbst geändert, weil er sich auf die Kompaßnadel verließ, die nicht mehr nach Norden, sondern auf eine Eisenmasse wies. Während er glaubte, immer noch auf Paramotu zuzufahren, trieb er weiter nach Osten und Süden ab.

„Ich Kamel! Der Kapitän hat recht: Ich bin ein Stümper. Aber ein Stümper auf dem Meer, das ginge noch. Schlimmer ist, daß ich dem Gegner meine Aufgabe enthüllt habe. Und das hätte mir nicht passieren dürfen. Leutnant Lennet, was haben Sie denn bei Ihrer Ausbildung gelernt?"

Er mußte eine Entscheidung treffen, und zwar sofort: Sollte er Liane zeigen, daß er ihr Doppelspiel durchschaut hatte und eine Erklärung verlangen oder sollte er weiter den Genasführten spielen und warten, was geschah? Für den Fall, daß sie Lennet absichtlich zu dieser Insel geführt hatte, war es am besten, sie in ihrem Glauben zu lassen.

So sagte er so friedlich, wie es ihm möglich war:

„Es gibt nicht viele Seeleute, die gleichzeitig Geheimagenten sind. Meine Dienststelle hatte also die Wahl zwischen einem Segelprofi, der im Nachrichtendienst ein Anfänger ist oder umgekehrt. Meine Vorgesetzten haben die zweite Wahl getroffen."

Liane gab keine Antwort. Lennet indessen fragte sich mit einiger Sorge, wem wohl der riesige Fuß gehören mochte, der den Abdruck im Sand verursacht hatte. Vielleicht hatte Liane ihn mit Absicht ins Lager des Gegners gelockt.

Er hatte nicht lange das Vergnügen, über diese Frage nachzudenken, denn jäh drang eine Stimme an sein Ohr:

„Seid gegrüßt miteinander!"

Liane rannte zu Lennet hin, wie um bei ihm Schutz zu suchen.

Entweder spielte sie eine Rolle oder sie wußte wirklich nicht, wo sie sich befanden, und hatte Angst.

„Ich habe mir gedacht, daß hier jemand ist", sagte Lennet. „Der Fußabdruck, den wir vorhin gesehen haben, wird ja wohl nicht von dir stammen!"

Er ging auf den Fremden zu, der sich ihnen näherte.

Es war ein sehr großer, sehr hagerer Mann mit riesigen Füßen, verwilderten Haaren und einem wirren Bart, dessen ganze Bekleidung aus einer Art Lendenschurz aus Hasenfell und einer Nickelbrille bestand. Er lachte über das ganze Gesicht, und wenn er ein Spion oder vielleicht sogar ein Kannibale war, so wußte er dies gut zu verbergen.

„Ich freue mich über Ihren Besuch", schrie er vergnügt und streckte ihnen eine große Hand mit schmutzigen und abgebrochenen Fingernägeln entgegen. „Ich hoffe, Sie sprechen französisch, sonst dampfen Sie am besten gleich wieder ab. Hier ist nämlich französisches Gebiet! Ich muß mich noch vorstellen: Etienne Saturnin, Doktor der Humanmedizin, Professor für Anthropologie, mehrfach ausgezeichnet und Urheber und einziges Versuchskarnickel des Forschungsunternehmens ‚Wie kann ein einzelner in tropischen Breiten überleben'. Und mit wem habe ich die Ehre?"

„Mit meinem wirklichen Namen", erwiderte Lennet grinsend, „heiße ich Robinson und das Mädchen hier Freitag. Aber die Unwissenden nennen sie Liane Dorante und mich Jérôme

„Ich freue mich über Ihren Besuch!" grüßte der seltsame Inselbewohner

Blanchet. Wir sind unten vor der Insel gestrandet. Können Sie uns sagen, wo wir sind?"

„Aber natürlich kann ich das. 3 Grad 7 Minuten 12 Sekunden südlicher Breite, 143 Grad 25 Minuten 46 Sekunden westlicher Länge!"

Lennet rechnete schnell im Kopf nach. Sie waren demnach höchstens fünfzehn Meilen von Paramotu entfernt.

„Und wie heißt die Insel?"

„Bis jetzt Tupatu. Aber ich rechne damit, daß die französische Regierung sie umtaufen wird."

„Auf welchen Namen?"

„Insel Saturnin natürlich. Sehen Sie, lange wurde angenommen, daß der Mensch aus dem Zweistromland, aus Mesopotamien, komme. Der amerikanische Wissenschaftler Robert

Adrey glaubt beweisen zu können, daß die Menschen in Afrika zuerst das Licht der Welt erblickt haben. Und ich meine, die Menschheit ist in Ozeanien entstanden. Wenn ich das beweisen kann, gibt das eine wissenschaftliche Revolution. Aber ich rede hier über bedeutende Dinge, während ich mich doch für das Schicksal dieser beiden kleinen Exemplare der menschlichen Rasse interessieren sollte. Hatten sie Kameraden, die vielleicht ertrunken sind? Kann ich etwas für Sie tun?"

„Ich hätte nicht übel Lust, etwas zu essen", meinte Liane forsch. „Muscheln allein füllen schlecht den Magen."

„Nun ja, das muß ich zugeben", gestand der halbnackte Wissenschaftler ihr zu. „Essen gehört zu den unerläßlichen Voraussetzungen für das Überleben in tropischen Breiten. Das habe ich bereits bewiesen. Kommen Sie mit. Ich will sehen, ob ich etwas für Sie finden kann."

„Und ich", fügte Lennet hinzu, „möchte vor allem wissen, wie man von dieser Insel ... Saturnin so rasch wie möglich wieder wegkommt!"

Gleichviel, ob Professor Saturnin nun ein ernst zu nehmender Wissenschaftler war oder aber ein Narr oder gar ein Spion, der den Wissenschaftler oder den Narren spielte, Lennet wollte so rasch wie möglich zu seinem Bestimmungsort gelangen, wo wichtigere Aufgaben auf ihn warteten.

„Was? Langweilen Sie sich schon?" fragte Saturnin erstaunt. „Ich dachte, Sie seien gerade erst angekommen. Ich bin schon acht Monate hier, und ich bin niemals zuvor so glücklich gewesen."

„Sind Sie allein auf der Insel?" fragte Liane.

„Ganz allein, Fräulein Freitag."

„Haben Sie ein Radio?"

„O nein! Mit einem Radio würde die ganze Forschung verfälscht. Dazu muß man allein oder fast allein sein. Um ehrlich zu sein: Ich finde Sie zwar beide sympathisch, aber ich will nicht, daß Sie hierbleiben. Schon ein paar Tage wären gegen das Prinzip meiner Forschungsarbeit!"

„Wie lange wollen Sie noch auf der Insel bleiben?"

„Sechzehn Monate. Dann holt ein französisches Schiff mich wieder ab."

„Und bis dahin haben Sie keinerlei Verbindung zur zivilisierten Welt?"

„Nicht die geringste, Monsieur Robinson."

„Haben Sie wenigstens ein Boot?"

„Kein Boot!"

„Was sollen wir denn machen?" rief Liane. „Wir können doch nicht sechzehn Monate hierbleiben!"

„Nun, was meinen Sie, wie wir wieder von Ihrer glücklichen Insel herunterkommen?" fragte Lennet den Einsiedler.

„Ich? Junger Mann, merken Sie sich das eine: Ich meine niemals etwas, wenn es nicht in mein Fachgebiet gehört. Sicher ist bloß, daß Sie sich bald von hier verkrümeln müssen. Ich habe mich gefreut, mit Ihnen ein Schwätzchen halten zu können, denn der Papagei, den ich gezähmt hatte, sagt immerzu das gleiche und außerdem versteht er überhaupt nichts von meiner Wissenschaft. Aber das ist kein Grund, daß Sie hier Wurzeln schlagen."

Während dieser Unterhaltung waren sie zu einer Höhle gekommen, die auf der Nordseite der Insel lag. Man mußte durch einen engen Schacht kriechen, ehe man in einen unterirdischen Raum kam, in dem man die Hand nicht vor den Augen sah.

„Einen Augenblick", sagte Saturnin. „Ich zünde schnell den Kronleuchter an."

Er scharrte etwas Asche von seiner Feuerstelle, fand etwas Glut und zündete daran eine Handvoll trockener Zweige an. Er schwang sie wie eine Fackel, um sie richtig zum Brennen zu bringen und zündete dann damit den Docht einer Tonlampe an, die von der Decke herabhing. Ein gelbliches Licht verbreitete sich. Man konnte nun sehen, daß der Raum recht groß war. Möbel oder dergleichen gab es nicht. In einer Ecke befand sich ein Lager aus Heu und Blättern, und neben der Feuerstelle lagen ein paar Geräte zum Kochen.

„Ich habe die Höhle entdeckt, und der Blitz hat mir das Feuer angezündet. Ich hüte es schon seit sieben Monaten", erklärte Saturnin stolz. „Und dieses Geschirr habe ich mit meinen eigenen Händen gemacht. Auch das Öl für die Lampe habe ich selber gewonnen. Nur die Brille stammt aus echt französischer Produktion."

Ein großer Papagei begann wütend zu schreien und mußte erst mühsam beruhigt werden. Lennet bat darum, die Höhle genauer besichtigen zu dürfen, während der Wissenschaftler sich daranmachte, für seine Gäste etwas zum Essen zu richten.

In einer Ecke stieß er gegen etwas, das wie Glas klang. Lennet beugte sich hinab und entdeckte im Halbdunkel eine Axt, deren Klinge so scharf war wie ein Rasiermesser. „Sieh da, sieh da!" murmelte der Geheimagent und begann erneut zu kramen. Dabei kamen eine Säge, eine Schaufel, eine Hacke, eine Angelrute und schließlich sogar eine doppelläufige Flinte zum Vorschein. Und dann fand er auch noch das Ding, an das er zu Beginn gestoßen war: Eine Flasche von besonderer Form, eine Wermutflasche. Weiter drin in der Nische stapelten sich noch mehr solcher Flaschen. Der gute Einsiedler schien eine Schwäche für dieses Gebräu zu haben.

Lennet kroch aus der Nische heraus, in der die Schätze des Wissenschaftlers verborgen waren.

„Monsieur Saturnin", sagte er, „daß Sie sich eine Öllampe gebastelt haben, finde ich bei weitem nicht so toll wie die Tatsache, daß Sie sich auch ein Jagdgewehr konstruiert haben. Das muß doch ziemlich mühsam gewesen sein. Oder nicht?"

Der Wissenschaftler wandte den Kopf von der Pfanne mit Eiern von Felsentauchern:

„Im Gegenteil. Das Gewehr hat mich viel weniger Mühe gekostet. Es gehört zu einem Rettungspaket, das ich mitnehmen mußte. Die Regierung hat es verlangt, wenn sie mir eine Unterstützung geben sollte. Aber sehen Sie sich das Werkzeug genau an. Sie werden feststellen, daß es verrostet ist, und die Munition für das Gewehr liegt noch in versiegelten Schachteln. In sechzehn Monaten werde ich fordern, daß die Behörden und die Presse dies nachprüfen."

Lennet hielt es für höflicher, nicht zu fragen, ob die Regierung ihn auch gezwungen habe, einen Kasten Wermut mitzunehmen.

„Aber vielleicht könnten Sie uns erlauben, Ihr Werkzeug zu benutzen, um ein Floß damit zu basteln", sagte er. „Wir geben Ihnen eine Bescheinigung, auf der wir genau den Rostzustand auf den Werkzeugen beschreiben."

„Kommt nicht in Frage, Robinson. Man könnte mich verdächtigen, daß ich die Sachen selbst benützt habe."

„Aber wenn wir uns kein Floß bauen können, müssen wir hierbleiben, bis das Schiff kommt, das . . ."

„Das ist ebenfalls ausgeschlossen. Ich muß allein hier leben, um meine These zu beweisen."

„Das tut mir leid, Professor, aber es gibt nur das eine oder das andere."

Der Wissenschaftler setzte ihnen ein ausgezeichnetes Omelett vor und fragte: „Und was wollen Sie machen, wenn ich Ihnen mein Werkzeug überlasse?"

„Zuerst einmal danke schön sagen. Dann bauen wir uns ein Floß und verkrümeln uns, wie Sie es gewünscht haben."

„Und wohin?"

„Zur Insel Paramotu", antwortete Lennet. „Sie muß etwa fünfzehn Meilen entfernt sein."

„Das ist richtig. Und dorthin kommt auch jede Woche ein Wasserflugzeug. Aber Sie müssen wissen, daß es eine ziemlich böse Strömung zwischen den beiden Inseln gibt."

„Und der Wind?"

„Er weht in Richtung Paramotu."

„Dann brauchen wir ein Segel. Das ist alles."

„Ein Segel?“

„Ein viereckiges, ein lateinisches, ein arabisches, das ist ganz egal“, sagte Liane.

Hatte sie es etwa auch eilig, die Insel zu verlassen?

„Das einzige, was ich Ihnen anbieten kann, ist eine Webarbeit, die ich vor ein paar Monaten gemacht habe. Ich wollte sehen, ob man aus Pflanzenfasern so etwas wie Stoff herstellen kann. Aber ich habe es aufgegeben, weil es zuviel Zeit kostete.“

„Sehen wir es uns einmal an“, meinte Lennet.

Ziemlich stolz brachte Saturnin ein großes Stück Stoff an. Er war zwar reichlich steif, aber dicht und konnte für einige Zeit sicher als Segel dienen.

„Haben Sie etwas dagegen, wenn wir es uns ausleihen?“ fragte Lennet.

„Nein. Ich schenke es Ihnen gern!“ entgegnete der Wissenschaftler. „Mir liegt es bloß im Weg herum.“

Nachdem sie ihr Omelett aufgegessen hatten, verließen sie auf allen vieren die Höhle. Saturnin folgte ihnen.

„Wissen Sie, wie man ein Floß baut?“ wollte Liane wissen.

„Nein“, erwiderte Lennet, „aber ich werde es sicher lernen.“

Sie gingen zum Strand hinab und fanden einen kleinen Wald aus Kokospalmen. Mit der Axt hieb Lennet ein Dutzend Stämme ab und sägte sie jeweils in drei Teile. Die oberen Teile waren zu dünn und nicht zu verwenden. Aber es blieben vierundzwanzig Balken übrig, die den Boden des Flosses bilden konnten.

Eine weitere, diesmal große Kokospalme lieferte die beiden Querbalken. Man mußte das Ganze nur noch miteinander verbinden.

Professor Saturnin, der zweifelnd, aber auch zufrieden zusah – er hatte es offenbar sehr eilig, sie loszuwerden –, stiftete einen ganzen Knäuel Seil aus Pflanzenfasern. Lennet war zwar kein Bootsbauer, aber mit Knoten kannte er sich aus. Und auch

Liane ließ sich nicht lumpen. Gemeinsam banden sie die Stämme zusammen.

Ein zugehauenes Stück Holz diente als Steuer, das ebenfalls mit Seilen festgemacht wurde. Und schließlich wurde auch so etwas wie ein Mast an allen vier Ecken mit Seilen festgebunden. Nach der wasserdichten Uhr Lennets war es drei Uhr nachmittags. Der Wissenschaftler half ihnen, das Floß zu tragen.

„Willst du wirklich mit dieser Höllenmaschine aufs Meer gehen?" fragte Liane halblaut.

Lennet, der noch nie in seinem Leben ein Floß gebaut hatte und auf sein Erzeugnis nicht wenig stolz war, schlug ihr sofort vor, ihn allein fahren zu lassen.

Aber sie schüttelte entschlossen den Kopf: „Ich lasse dich nicht im Stich."

Und als Lennet ins Wasser stieg, um das Floß vom Ufer wegzuschieben, sprang sie kühn auf die Planken.

„Es schwimmt tatsächlich", stellte Lennet überrascht fest.

Mit einiger Sorge kletterte er vorsichtig ebenfalls hinauf. Das Floß trug das Gewicht beider Passagiere.

Professor Saturnin brachte noch etwas Proviant aus seinem Vorratslager, darunter auch Kokosnüsse: „Für den Fall, daß Sie Durst bekommen", erklärte er.

Er behandelte die ganze Sache so gleichmütig, daß man meinen konnte, die beiden jungen Leute stiegen lediglich in den Zug, um von Paris nach Versailles zu fahren. Und dabei hatten sie vier oder fünf Stunden Überfahrt vor sich, und dies auf einem Ding, dessen Stabilität erst noch bewiesen werden mußte.

„Wir besuchen Sie sicher wieder einmal!" schrie Lennet.

„Wenn wir es überleben", rief Liane, die wie immer optimistisch war.

„Sie sind immer auf der Insel Saturnin willkommen", meinte der Wissenschaftler, der plötzlich sehr gastfreundlich war, als er sah, daß die Gäste verschwanden.

Lennet brachte das Segel in die richtige Stellung. Eine kräftige Brise trieb das Floß langsam von der Insel Tupatu weg.

Ein unfreundlicher Empfang

Fünfzehn Meilen, das heißt also fast dreißig Kilometer auf einem improvisierten Floß sind nicht gerade eine Kleinigkeit. Lennet besaß keinen Kompaß, aber zum Glück schien die Sonne und Lennet konnte mittels Sonnenstand und seiner Uhr die Himmelsrichtung bestimmen. Er hielt sich, wie er ausgerechnet hatte, auf dreihundert Grad. Wenn sich die Insel Paramotu am Horizont zeigte, konnte man den Kurs immer noch berichtigen.

Sie mußten noch bei Tag ankommen, denn wie Saturnin gesagt hatte, wehte der Wind bei Nacht in umgekehrter Richtung. So aber wurde das schwere Floß mit etwa drei Knoten dem Ziel zugetrieben. Sie hatten noch fünf Stunden Zeit. Das mußte reichen.

Unaufhörlich schlugen die Wellen über das einfache Gebilde hinweg. Doch es war so warm, daß ihnen das Wasser nicht soviel ausmachte. Schlimmer war, daß sie sich kaum aufrichten konnten, weil es nur den Mast als Halt gab.

Sie hatten die Küste kaum hinter sich, als verschiedene Trümmer der „Windsbraut" an ihnen vorbeitrieben: Holzstücke, Teile des Proviants und auch eine leere Wermutflasche, eine von jenen, die die Träger ausgetrunken hatten. Die vollen lagen auf Grund.

Liane schnappte sie beim Vorbeitreiben. „Wo kommt denn die her?"

Lennet erklärte es ihr und fragte dann: „Und was willst du damit anfangen?"

„Ich möchte versuchen, damit zu fischen."

„Mit einer Flasche? Wie macht man das? Schlägt man damit die Fische beim Vorbeischwimmen tot?"

„Aber das müßtest du eigentlich wissen, Robinson! Man legt einen Köder in die Flasche, zieht sie an einem Strick nach, und die Fische schwimmen durch den Hals, kommen dann aber nicht mehr heraus. So fängt man sie."

„Hast du schon einmal einen Kabeljau in einer Flasche gesehen?"

„Sardinen kommen doch auch in Sardinenbüchsen, und die sind noch viel kleiner ... Aber im Ernst, ich habe irgendwo gelesen, daß man auf diese Weise fischen kann."

„Gut! Niemand hindert dich, es auszuprobieren. Saturnin hat uns doch von seinem Sagobrot gegeben. Brich ein Stück ab, und dann Petri Heil!"

Obgleich sie aufeinander angewiesen waren, konnten sie es nicht lassen, sich gegenseitig aufzuziehen. Mit viel Mühe – denn immer wieder schlug eine Woge über ihre Köpfe – gelang es Liane, ein Stück des sonderbaren Brotes in die Flasche zu praktizieren und die Flasche an einem Seil festzubinden. Aber es schien, als hätten die Sardinen hier keine Lust, in eine Flasche zu kriechen. So gab das Mädchen schließlich die fruchtlosen Versuche auf.

„Du mußt nun aber wenigstens anerkennen, daß ich eine gute Verliererin bin!" Sie zuckte die Schultern. „Das Fischen mit der Flasche trägt nicht zum Überleben des einzelnen in tropischen Breiten bei."

Lennet hielt krampfhaft sein ungefüges Steuer fest und versuchte, den Kurs zu halten.

Als Liane nun plötzlich aufsprang, mit dem Finger nach vorn wies und gestikulierte, kam fast das Floß zum Kentern.

„Land in Sicht!"

Und im gleichen Augenblick verlor sie das Gleichgewicht und flog im hohen Bogen ins Wasser.

„Mann über Bord!“ rief Lennet.

Aber der „Mann“ kam gleich wieder an die Oberfläche, und es kostete nur wenig Mühe, das Mädchen wieder auf das Floß zu ziehen.

„Hast du nicht das Land dort gesehen?“

Lennet kniff die Augen zusammen. Vorn sah er zwischen Himmel und Meer so etwas wie eine schmale blaue Wolke. Er änderte den Kurs, und eine Stunde später gab es keinen Zweifel mehr: Dort war eine Insel. Und da es hier weit und breit keine andere Insel gab, mußte dies Paramotu sein.

Es war gegen sieben Uhr abends, und die beiden Seefahrer waren völlig erschöpft, als sich in einem flammenden Sonnenuntergang die Kokospalmen der Insel klar gegen den purpurfarbenen Himmel abhoben.

Sie kamen von Südosten. Das Ufer, das am nächsten lag und den unteren Teil der Gitarre bildete, war unzugänglich. Aber sie mußten nur einen Kilometer weiterfahren, um zu einem Sandstrand zu kommen. Und diesmal erkannte Lennet jede Einzelheit von den Studien der Luftaufnahmen wieder.

„Da sind Leute am Ufer“, stellte Liane fest. „Und sie sehen nicht gerade sehr gastfreundlich aus.“

„Was soll das heißen?“

„Ganz einfach! Sie empfangen uns mit Maschinenpistolen.“

Lennet richtete sich auf und klammerte sich am Mast fest. Liane hatte sich nicht getäuscht. Am Strand standen mehrere Menschen, und alle waren bewaffnet. Nur einer, ein kräftiger großer Mensch, der etwas vor den anderen stand, trug statt einer Waffe ein Sprachrohr.

„He, ihr, in dreihundertzweiundvierzig Meter“, heulte er mit aller Kraft seiner Lungen. „Landen verboten! Haut ab!“

Er wiederholte seine Worte in anderen Sprachen, aber mit einer Aussprache, daß alles klang wie das Pfeifen einer Lokomotive.

„Und was machen wir jetzt?“ fragte Liane. „Die Leute

machen einen sehr entschlossenen Eindruck!"

„Zuerst fangen wir damit an, daß wir vergessen, wer sie sind. Wir sind einfache Schiffbrüchige. Wir haben nicht die geringste Ahnung, was diese braven Leutchen auf dieser Insel machen!"

„Keine Angst, Jérôme. Ich kann mich ebensogut verstellen wie du. Oder vielleicht sogar besser", entgegnete Liane, und Lennet hatte das Gefühl, daß in diesen Worten so etwas wie ein Hintersinn lag.

Aber er hatte keine Zeit, darüber nachzudenken. Das Floß, das von einer frischen Brise weitergetrieben wurde, fuhr direkt auf den Strand zu, als könnten Lennet und Liane das donnernde Gebrüll aus dem Sprachrohr nicht verstehen. Ja, die beiden

Die beiden Seefahrer waren völlig erschöpft, als sie sich der rettenden Insel näherten

winkten den Menschen am Strand freundschaftlich zu.

Es waren fünf: Die ganze Mannschaft war also zum Empfang der ungebetenen Gäste an den Strand gekommen, und wahrscheinlich hatte man das Floß schon lange durch Radar, Sonar und Ferngläser beobachtet. Lennet, der in Paris die Fotos der Wissenschaftler wohl fünfzigmal studiert und nicht weniger oft Tonbandaufnahmen ihrer Stimmen angehört hatte, der aus ihrem Leben auch kleinste Details wußte, hatte keine Mühe, sie wiederzuerkennen.

Der Mann mit der „Flüstertüte" hieß Porticci. Er war Ingenieur, Lieblingsschüler des berühmten Professors Marais und Leiter der Gruppe. Wie sein Lehrer war er Spezialist für Raketentreibstoffe. Wenn man ihn sah, dachte man wohl eher an einen Gewichtheber oder Zehnkämpfer als an einen Mathematiker, aber er war einer der vielversprechenden jungen französischen Wissenschaftler.

Der Alte an seiner linken Seite, der Mann mit den wirren Haaren, war sein Stellvertreter, der Meeresforscher Baret. Der junge Mann mit dem Bürstenschnitt war Henry Goffic. Er war Funker und gleichzeitig Richtschütze für die Probeschüsse.

Daneben stand eine junge Frau. Sie hieß Madeleine Terran und war die Sekretärin der Mannschaft.

Rechts vom Ingenieur schließlich, der junge Mann, der ganz aus Muskeln und Sehnen zu bestehen schien, war Leutnant Gaston Plana, der Sicherheitsoffizier.

Und alle waren bewaffnet. Sogar die Sekretärin schwang eine Panzerfaust.

„Sie werden auf uns schießen", rief Liane.

„Das glaube ich nicht", antwortete Lennet ruhig. „Übrigens würden sie uns bei diesem Wellengang sowieso nicht treffen!"

Er steuerte das Floß direkt auf den Strand zu, bis es aufsetzte. Lennet war erleichtert. Die fünf Atropisten liefen auf sie zu.

„Was für eine Sprache sprechen Sie?" fragte Porticci, der Mann mit dem Sprachrohr.

„Französisch, Monsieur", erwiderte Lennet höflich und sprang an Land. Er half Liane.

„Dann geht zum Teufel!"

„Aber von da kommen wir doch gerade, Monsieur", gab Liane zurück. „Fünfzehn Meilen auf einem Floß, das Jérôme Blanchet gebastelt hat, das ist die Hölle! Das kann ich Ihnen versichern."

Liane schien entschlossen, sich durch den unfreundlichen Empfang nicht einschüchtern zu lassen.

„Blanchet?" fragte der Meeresforscher mit meckernder Stimme, „ist das nicht der Bursche, von dem heute morgen im Radio gesprochen wurde?"

„Und Sie sind die geheimnisvolle Verlobte?" fragte Madeleine Terran und kam neugierig näher.

„Ich bin Jérôme Blanchet“, sagte Lennet, „aber unglücklicherweise ist Liane nicht meine Verlobte!“

„Glücklicherweise, willst du wohl sagen“, protestierte sie.

„Sie heißt Liane Dorante“, fügte Lennet hinzu.

„So oder so, das ist mir völlig egal“, knurrte Porticci. „Die Möglichkeit, hierzubleiben, ist für Sie unmöglich. Unsere Aufgabe auf dieser Insel ist viel zu wichtig. Es tut mir leid, aber Sie haben keine andere Wahl, als so rasch wie möglich wieder von hier zu verschwinden.“

Lennet wies wortlos mit der Fußspitze auf das Floß, das sich langsam aber sicher aufzulösen begann. Der Mast hing bereits völlig schief. Die ersten Seile waren durchgescheuert, und es war klar, daß binnen einer halben Stunde von dem ganzen Kunstwerk nicht mehr viel übrigbleiben würde.

Porticci schien zu zögern.

„Die Chancen, daß Sie innerhalb von zwei Stunden absaufen, stehen tatsächlich 98,7 Prozent zu 1,3!“ bestätigte er dann.

„Sie können doch den ‚Seemann aus Liebe‘ nicht in den Tod schicken!“ mischte sich Madeleine Terran, eine Frau von rund dreißig Jahren, mit einem offenen, ein wenig melancholischen Gesicht, ein.

„Seemann aus Liebe“, sagte Leutnant Plana höhnisch. „Aus Liebe zu wem? Ich habe die ergreifende Geschichte auch im Radio gehört, aber ich möchte doch gern wissen, was er hier ohne sein Boot macht, und wieso er ein Mädchen dabeihat, das nach seinen eigenen Angaben nicht seine Verlobte ist.“

„Ich hatte mich an Bord versteckt, weil ich nach Honolulu wollte“, erklärte Liane. „Und dann sind wir gestrandet.“

„Und wo haben Sie dieses Floß gefunden?“

„Wir sind bei der Insel Tupatu auf ein Riff gelaufen!“ erläuterte Lennet. „Und wir haben dort Professor Saturnin kennengelernt. Er behauptete, nicht weit von seiner Insel gäbe es eine zweite, die bewohnt sei, und zwar von gastfreundlichen

Leuten. Bewohnt, das stimmt ja wohl, gastfreundlich, das möchte ich jetzt fast bezweifeln. Warum wollen Sie uns hier nicht landen lassen?"

Der Chefingenieur sah seine Untergebenen an.

„Nun, offensichtlich kann ich Sie zu meinem großen Bedauern nicht in den Pazifik werfen!" brummte er. Er wandte sich an seine Mitarbeiter. „Wir müssen die Gegenwart dieser beiden Gestalten für ..." Er blickte auf die Uhr. „... acht Stunden und siebenunddreißig Minuten ertragen. Goffic, geben Sie sofort eine Nachricht durch und fordern Sie für fünf Uhr fünf ein Wasserflugzeug an. Sie ..." Er wandte sich an Lennet und Liane. „... erhalten ein Abendessen mit tausend Kalorien, und dann werden Sie in Einzelzelten mit den Maßen 2,10 auf 0,87 Meter untergebracht. Es ist Ihnen untersagt, sich mehr als einhundertvierzehn Meter von der zugewiesenen Stelle zu entfernen. Los, gehen wir."

„Monsieur", sagte Lennet, „versprechen Sie uns wenigstens, daß Sie nicht die Absicht haben, uns zu schlachten und aufzuessen."

Der Meeresforscher, der Funker und die Sekretärin begannen zu lachen.

Doch der Chef und sein Sicherheitsoffizier schienen den Humor der Gestrandeten nicht zu schätzen.

„Hör zu, mein Lieber", knurrte Leutnant Plana, „sei froh, daß man dich hier aufgenommen hat, und behalte deine Witze für dich."

Sie setzten sich in Marsch, die beiden Geretteten wie Gefangene in der Mitte.

Rasch fiel die Dämmerung ein. Liane war durch die Anstrengungen der letzten sechsunddreißig Stunden so erschöpft, daß sie sich Mühe geben mußte, nicht in Weinen auszubrechen. Geheimagent Lennet, der weniger müde und auch durch den sonderbaren Empfang weniger schockiert war, stützte sie beim Gehen.

Nach einer halben Stunde Marsch über einen durch das Gestrüpp gehauenen Trampelpfad kamen sie zu einer Lichtung, die nahe einem anderen Strand lag. Lennet schätzte, daß sie die Insel durchquert hatten und sich nun dort befanden, wo das Griffbrett der Gitarre begann. Sie wurden aufgefordert, hier in Gesellschaft des Meeresforschers, der Sekretärin und des Sicherheitsoffiziers zu warten. Der Chef und der Funker verschwanden unter den Bäumen.

„In dreiundzwanzig Minuten sind wir zurück", verkündete Porticci, ehe er ging.

Alle setzten sich ins Gras, und trotz der eisigen Miene des Sicherheitsoffiziers begann bald eine Unterhaltung.

„Wenn wir Ihnen nicht sagen, wer wir sind, werden Sie uns sicher für plemplem halten", sagte Baret und schüttelte seine weißen Haare. „Wir haben hier eine wissenschaftliche Aufgabe zu erledigen, und da es sich um einen Regierungsauftrag handelt, ist die Sache streng geheim!"

„Was forschen Sie?" fragte Liane. „Versuchen Sie, das Liebesleben der Meeresschildkröten zu erkunden?"

„Oder das Überleben des einzelnen in äquatorialen Breiten?" fügte Lennet hinzu.

„Wir studieren die Auswirkung unterseeischer Explosionen auf die fliegenden Fische!"

„Und?" fragte Liane. „Gefällt es Ihnen?"

„Monsieur Blanchet", unterbrach Madeleine Terran, „erzählen Sie uns doch etwas von ihrer Verlobten. Als wir Ihre Geschichte im Radio hörten, waren wir alle sehr bewegt."

Lennet brachte seine Geschichte so spannend wie möglich vor. Nach und nach lockerte sich die Atmosphäre. Lediglich Leutnant Plana wahrte sein feindliches Schweigen.

Nach genau dreiundzwanzig Minuten kehrten der Chef und der Funker zurück. Den Gestrandeten wurden zwei Zelte zur Verfügung gestellt. Ferner gab es eine kalte Mahlzeit mit Bier und Fruchtsaft.

„Morgen um fünf Uhr fünf ist das Flugzeug da. Halten Sie sich bereit!" befahl Porticci statt eines Gutenachtwunsches.

Seine Untergebenen zeigten sich menschlicher. Sie schwatzten. Dann verschwand dieser oder jener und kam zehn Minuten später mit einer Aufmerksamkeit zurück. Madeleine Terran brachte Bonbons aus Frankreich, Baret eine halbe Flasche Rotwein und Goffic Fotos von seiner Verlobten, einer entzückenden Bretonin, die ebenso ungeduldig wie er auf das Ende der Versuche wartete, damit sie heiraten konnten.

„Die befestigte Villa kann nicht weit entfernt sein", flüsterte Liane Lennet ins Ohr.

„Ungefähr zweihundert Meter hinter diesem Kokospalmenwäldchen", gab der Geheimagent auf die gleiche Weise zurück. Er kannte sich ebenso gut, wenn nicht besser aus als die Bewohner der Insel.

Nach einer Stunde, die in heiterem Geplauder verging, meinte Baret:

„Wir würden Sie gern unter unserem Dach begrüßen, aber das ist gegen die Vorschrift. Wir werden uns jetzt zurückziehen. Schlafen Sie gut, nach all den Aufregungen."

„Ich hoffe, wir können Sie morgen besuchen", bemerkte Liane mit unschuldiger Miene.

„Aber . . . wir wären entzückt, aber Sie fliegen doch schon ganz früh!" erwiderte der Meeresforscher, und er fügte heuchlerisch hinzu: „Das ist schade!"

„Wir kommen extra zurück, um es nachzuholen", versprach Liane.

Vergnügt über den Schreck, den sie dem alten Herrn eingejagt hatte, kroch sie in ihr Zelt. Lennet verabschiedete sich und ging ebenfalls ins Zelt. Er war müde und hatte den Wunsch, auf der Stelle einzuschlafen. Dennoch fragte er sich, ob er nicht noch einen Ausflug zu dem Haus unternehmen sollte, in dem die Forscher ihre Wohnräume, ihre Büros und ihre Laboratorien hatten.

Er überlegte noch, während er gleichzeitig gegen den Schlaf kämpfte, als er plötzlich an der Zeltwand ein Kratzen hörte und gleich darauf eine Stimme, die flüsterte: „Schläfst du schon?"

Der gefiederte Pfeil

Es war Liane. Lennet war mit einem Schlag hellwach.

„Noch nicht", sagte er und streckte den Kopf aus dem Zelt.

Nacht lag über der Insel. Auf der einen Seite hörte man die Brandung, auf der anderen Seite, wo der Dschungel lag, das Summen und Zirpen von Millionen Insekten. Der Mond war noch nicht aufgegangen.

„Und dabei bin ich so müde", fügte Lennet hinzu.

„Ich auch", meinte Liane. „Ich glaube, ich könnte sechsunddreißig Stunden schlafen. Aber ich dachte . . ."

Jäh legte Lennet ihr die Hand auf den Mund.

Sie fuhr zurück: „Bist du verrückt, oder was ist los?"

„Habe ich dir auf den Fuß getreten? Ich bitte um Verzeihung", sagte er sehr deutlich und laut. „Ich verstehe: du findest es nötig, daß einer von uns Wache hält. Aber ich meine, wenn es hier eine Gefahr gibt, hätten die wackeren Leute uns bestimmt gewarnt!"

Als Liane antworten wollte, legte er ihr sanft den Finger auf die Lippen.

„Schlaf gut. Das ist das beste, was wir tun können."

Und während er sprach, gab er dem Mädchen ein Zeichen, ihm zu folgen. Kriechend verließ er das Zelt.

„Gute Nacht!" sagte er laut und flüsterte der erstaunten Liane ins Ohr: „Wünsch' mir so natürlich wie möglich ebenfalls eine gute Nacht."

„Nun, ich sehe, du bist nicht sehr unterhaltend heute abend.

Unsere kleine Fahrt hat wohl auch so einen Elefanten wie dich umgeworfen. Schlaf gut, aber schnarche nicht, sonst kitzle ich dich am Fuß!"

Lennet kroch zu den Büschen am Rand der Lichtung. Liane wollte aufrecht gehen, aber ein zorniger leiser Pfiff Lennets veranlaßte sie, sich ebenfalls auf den Bauch zu legen. Bei den Büschen setzte Lennet sich hin, und Liane folgte seinem Beispiel.

„Was soll die Komödie?" fragte sie. „Der Herr Geheimagent wollen mir wohl imponieren?"

„Nicht im geringsten. Aber du bist doch schläfrig, oder nicht?"

„Todmüde!"

„Ich auch! Und zwar mehr als sonst. Selbst nach unserer Fahrt!"

„Was willst du damit sagen?"

„Daß uns dieser Plana ein Schlafmittel ins Essen getan hat."

„Und wozu?"

„Um uns zu hindern, uns auf der Insel umzusehen."

Liane gähnte höflich.

„Das ist möglich. Aber warum konntest du mir das nicht im Zelt sagen?"

Lennet gähnte ebenfalls.

„Wenn Plana uns Schlafmittel ins Essen getan hat, dann ist er auch fähig, uns kleine Wanzen ins Zelt zu schmuggeln."

„Aber du könntest sie doch suchen und zerstören."

„Und wie würde das zu Jérôme Blanchet passen?"

„Zugegeben. Und warum mußte ich kriechen?"

Liane gähnte etwas weniger höflich als zuvor.

„Die Zelte werden vermutlich beobachtet", entgegnete Lennet und gähnte.

„Beobachtet?" fragte das Mädchen. „Aber es ist doch stockfinster."

„Schon! Aber die Ferngläser mit Infrarot hat man nicht

gerade für die Karnickeljagd erfunden. Wenn diesem Leutnant Plana danach zumute ist, kann er uns beobachten wie am hellichten Tag."

„Infrarot, Robinson?" machte Liane und gähnte jetzt völlig unverhohlen.

„Infrarot! Freitag!" bekräftigte Lennet und renkte sich fast den Kiefer aus.

„Und wer ist der Verräter?"

Lennet musterte sie schweigend. Von den fünf Leuten auf der Insel wußte er, daß sie überprüft waren und daß sie nach menschlichem Ermessen keine Verräter sein konnten. Dagegen wußte er, daß Liane ihm den Streich mit dem abgelenkten Kompaß gespielt und es bisher weder zugestanden noch bedauert hatte. Wie aber sollte Liane an die Geheimnisse der Atropisten herankommen? Lennet war zu müde, um weiter in diesem Rätsel herumzustochern.

„Ich tippe auf Baret", sagte er.

„Der alte Herr, der so charmant ist? Nein, auf keinen Fall!"

„Also kann er nicht der Verräter sein. Auf wen tippst du?"

„Porticci!" erwiderte sie entschlossen.

„Wieso das?"

„Er ist ein Muffel. Er kümmert sich nicht um mich. Aber es könnte natürlich auch Madeleine Terran sein. Sie sieht so traurig aus, und ich kann mir nicht vorstellen, daß ein Spion guter Laune ist."

„Es gibt keinen Grund, Madeleine Terran zu verdächtigen. Andererseits ist da noch Henry Goffic . . ."

„Was hat er dir getan? Er ist ein guter Kerl. Oder bist du eifersüchtig, weil er fünf Zentimeter größer ist als du?"

„Ich werfe ihm doch nicht seine Zentimeter vor, Liane!"

„Was denn?" Sie gähnte, als wolle sie einen Wal verschlucken.

„Seine Verlobte!" Lennet machte ihr Konkurrenz.

„Du sollst doch angeblich auch eine haben, Jérôme Blanchet."

„Aber das ist nicht wahr! Wenn einer meine Verlobte entführte, und mich damit zu erpressen versuchte, hätte er nicht viel Erfolg."

„Und wenn einer mich entführte, Jérôme Blanchet?"

Bei dem Versuch, Lennet zu necken, vergaß sie sogar für einen Augenblick ihr Schlafbedürfnis.

„Ich würde ihm sofort ein Beileidstelegramm schicken", entgegnete Lennet. „Aber ich glaube, wir reden Quatsch. Wir sollten uns besser schlafen legen."

„Aber das können wir doch nicht", protestierte Liane. „Wir müssen die Insel auskundschaften, wir müssen zusehen, daß wir ins Haus kommen, und wir müssen den Verräter entlarven. Und das alles vor fünf Uhr fünf morgen früh."

„Das ist richtig", meinte Lennet und begriff, daß er zu schnell gesprochen hatte.

„Ich finde übrigens, daß deine Dienststelle es schon so hindrehen müßte, daß das Flugzeug nicht so schnell kommt. Wie stellen deine Chefs sich das vor? Die ganze Arbeit in einer einzigen Nacht zu erledigen!"

„Du siehst, man hat eben eine gute Meinung von mir."

„Zu gut, meiner Meinung nach! Wenn ich dir helfen kann ... Aber offen gestanden, ich bin so fürchterlich schläfrig ..."

„Mach dir deswegen keine Sorgen, Liane. Geh ins Zelt und schlafe ein bißchen. Um drei morgen früh geht es dir besser. Ich wecke dich pünktlich. Und dann entlarven wir den Verräter!"

Er sprach so ernsthaft, und sie war so müde, daß sie ihm glauben wollte, auch wenn sie im Grunde wußte, daß er sich über sie lustig machte.

„Und du?" fragte sie. „Wie willst du denn aufwachen?"

„Das ist eine Sache des Trainings", erwiderte er. „Alle Agenten haben einen eingebauten Wecker! Komm mit!"

Sie schlichen zu den Zelten zurück. Liane drohte, mitten auf der Lichtung einzuschlafen, und Lennet zog sie am Handgelenk hinter sich her.

Vor ihrem Zelt wartete er noch ein paar Minuten, bis er an ihren regelmäßigen Atemzügen hörte, daß sie eingeschlafen war. Dabei mußte er alle Tricks aufwenden, um nicht selbst auf der Stelle einzuschlafen. Dann schlich er in sein Zelt und legte sich nieder, ohne die geringsten Vorkehrungen für frühes Aufstehen getroffen zu haben.

Und dies hatte zwei Gründe: Erstens wußte er, daß er zu müde war, um erfolgversprechend etwas unternehmen zu können, und zweitens kannte er die beiden Nachrichten auswendig, die noch heute nacht bei dem Funker der Mannschaft eintreffen würden. Schließlich hatte er sie selbst mit abgefaßt.

Die erste, die um 22 Uhr über den Äther ging, las sich so:

„Bestätigen Empfang Ihrer Nachricht über den Schiffbruch. Wasserflugzeug kommt zur verlangten Zeit. Geben Sie sich inzwischen nicht so geheimnisvoll. Jérôme Blanchet ist harmlos und eher dümmlich. Kann auch im Wohnhaus empfangen werden, damit kein Verdacht erregt wird. Stop und Ende."

Die zweite, um 2.25 Uhr, würde so lauten:

„Wasserflugzeug hat Panne. Fliegt ab, sobald Havarie behoben. Stop und Ende."

Und Lennet wußte überdies mit Sicherheit, daß diese Pannen nicht zu beheben waren, ehe die Maschine zu ihrem wöchentlichen Besuch sowieso kam. Da die Maschine gestern hier gewesen war, hatte er also fünfmal vierundzwanzig Stunden, um den Verräter zu finden. Das war nicht viel Zeit. Zwei Offiziere mit mehr Erfahrung als er und auch mit mehr Zeit hatten keinen Erfolg gehabt. Aber eine Nacht würde auch nicht viel ändern. Es war deshalb besser, wenn er sich jetzt ausruhte.

Es war nicht fünf Uhr fünf, sondern neun Uhr dreißig, als Lennet durch den Duft frischen Kaffees geweckt wurde.

Er schlug die Augen auf. Der alte Meeresforscher steckte den

Kopf durch den Zelteingang und sagte: „Nun, junger Mann, haben Sie gut geschlafen?"

„Ausgezeichnet", erwiderte Lennet. „Fast könnte ich glauben, ich hätte ein Schlafmittel genommen!"

„Dann kommen Sie zum Frühstück", entgegnete Baret, ohne auch nur im geringsten verlegen zu wirken.

Offensichtlich wußte er nichts von den Maßnahmen, die der Sicherheitsoffizier ergriffen hatte, um die Gestrandeten außer Gefecht zu setzen. Lennet wußte allerdings, daß die fünf Atropisten die strikte Anweisung hatten, jedermann zu mißtrauen, auch sich selbst.

Lennet kroch aus dem Zelt. Eine strahlende Sonne ließ die überreiche Vegetation der Insel leuchten. Hundert Meter von der Lichtung entfernt lag wie ein gleißender Spiegel das Meer.

Baret und Madeleine Terran hatten einen Tisch auf die Lichtung getragen, und auf diesem Tisch stand eine Kanne mit duftendem Kaffee. Liane, die nach einer angenehmen Nacht strahlender Laune war, bestrich Brote.

„Stell dir vor, Robinson", sagte sie zu Lennet. „Das Flugzeug hat eine Panne, und wir können heute morgen noch nicht zurückfliegen."

Lennet zog eine Grimasse. Doch dann erhellte sich sein Gesicht: „In gewissem Sinn ist das sogar besser so."

„Haben Sie es denn nicht eilig, zu Ihrer Verlobten zu kommen?" fragte die Sekretärin.

„Meine Verlobte? Nach meinem Schiffbruch fürchte ich, in Zukunft keine Verlobte mehr zu haben", entgegnete Lennet in einem Ton, der gleichzeitig düster und leidenschaftlich klang. „Sie können sich wohl vorstellen, daß ich es nicht sehr eilig habe, ihr die Nachricht zu bringen."

Liane kicherte verstohlen. Der alte Meeresforscher wollte das Thema ändern: „Hören Sie, wir haben nachgedacht. Schließlich sind Sie ja beide Franzosen, und wir haben keinen Grund, unsere Forschungen über die fliegenden Fische wie ein Staats-

„Sehen Sie da! Jules lauert auf Beute!“ erklärte der alte Meeresforscher

geheimnis zu hüten. Wenn Sie unsere Einrichtungen besichtigen wollen, sind Sie uns herzlich willkommen.“

„Das haben wir aber auch gehofft“, bemerkte Liane.

Gleich nach dem Frühstück machten sie sich auf den Weg. Ein Pfad, über den immer wieder riesige schillernde Eidechsen huschten, schlängelte sich durch den Dschungel. Riesige Schmetterlinge, die selbst wie Blüten aussahen, hingen an großen Orchideen. Der Meeresforscher wies mit dem Finger nach oben.

„Sehen Sie da: Jules lauert auf Beute.“

„Jules?“ fragte Liane erstaunt.

Doch dann stieß sie einen Schrei aus und klammerte sich an

Lennet. An einem kräftigen Zweig über dem Weg hing eine riesige Pythonschlange und wiegte den Kopf hin und her.

„Sie brauchen keine Angst zu haben", meinte Baret. „Jules greift niemals Franzosen an. Er versteht unsere Sprache und findet uns sehr sympathisch. Wenn wir Holländer oder Amerikaner wären, dann wäre das wohl anders!"

Lennet hatte jedoch seine Zweifel und machte einen Bogen, um Jules nicht Gelegenheit zu geben zu beweisen, daß er anderer Ansicht war als Baret.

Der Bau, in dem die Atropisten wohnten, lag auf einem kahlen Hügel. Er war auf nackten Fels gebaut, ein kreisrundes Gebilde aus Beton mit einem flachen Dach. Er wirkte wie ein riesiger Kieselstein. Angestrichen war er in Tarnfarben, damit man ihn vom Flugzeug aus nicht erkennen konnte. Aus seinen Mauern ragten Antennen heraus wie Nähnadeln aus einem Nadelkissen. Die Fensteröffnungen waren schmal wie Schießscharten. Die Tür wirkte stabil wie die Tür eines Panzerschrankes.

Lennet, der den Plan des Gebäudes auswendig kannte, war durch den abweisenden Eindruck des Baus nicht beeindruckt, doch Liane riß erstaunt die Augen auf.

„Wir sind nur wenige Leute", erklärte Monsieur Baret, „und die Regierung legt Wert darauf, daß wir uns völlig sicher fühlen. Diese ganzen Befestigungen sind natürlich überflüssig. Kein Mensch denkt daran, uns zu belästigen."

Die Panzertür öffnete sich, nachdem er einen magnetischen Schlüssel in das elektronisch betätigte Schloß gesteckt hatte. Die Besucher kamen in einen fensterlosen Vorraum, der durch ein Gitter in zwei Räume geteilt wurde. Es hob sich, als Monsieur Baret das Losungswort des Tages in ein unsichtbares Mikrofon geflüstert hatte. Sie kamen in einen Gang, der im Kreis durch das Gebäude führte. An ihm lagen das Eßzimmer, die Küche, der Lagerraum, die fünf Schlafräume, zwei Büros, der Funkraum, ein Laboratorium und die Badezimmer. Jeder dieser Räume hatte als Fenster eine Schießscharte mit starken Gittern und einem stählernen Fensterladen.

„Und was ist in der Mitte des Baus?“ fragte Liane arglos.

„In der Mitte?“ wiederholte Madeleine Terran fragend.

„Sie meinen in der Mitte?“ Monsieur Baret wirkte etwas verstört.

„Ja gewiß. Der Gang, durch den wir gekommen sind, führt doch um das Zentrum herum.“

„Sie werden es vielleicht nicht glauben, aber wir haben uns diese Frage noch nie gestellt. Ich denke, da ist gar nichts. Vielleicht sind es architektonische Gründe, etwa wegen der Stabilität ...“

Es folgte ein Augenblick betretenen Schweigens. Es wurde jäh unterbrochen durch Leutnant Plana, der plötzlich neben den Besuchern auftauchte, ohne daß man hätte sagen können, woher er gekommen war. Er schien an diesem Morgen besonders sauer zu sein. Das war keineswegs erstaunlich, denn der Befehl, den er erhalten hatte, nämlich die Besucher keineswegs zu behandeln, als hätten sie die Pest, erschien ihm wie ein Angriff auf seine Aufgabe als Sicherheitsoffizier.

Dies um so mehr, als die Forschungsarbeiten der Atropisten fast beendet waren. Bereits in wenigen Tagen sollte alles erledigt sein. Lennet wußte dies, aber er hatte Liane noch nichts davon erzählt.

„Nun, wie steht's? Haben Sie genug gesehen?“ fragte Plana. „Was halten Sie von einem kleinen Spaziergang auf der Insel?“

„Gern“, entgegnete Liane. „Vor allem, wenn Sie uns die fliegenden Fische zeigen. Sind sie zahm?“

„Die Chancen, sie zu zähmen, stehen null zu hundert“, antwortete Porticci, der ebenfalls aus dem Nichts aufgetaucht war. „Wir studieren nur die Wirkung von Unterwasserexplosionen auf die Fische.“

„Und warum ist das so wichtig?“

Baret mischte sich ein: „Weil die fliegenden Fische für das

Gleichgewicht des Lebens im Meer besonders wichtig sind. Wie Sie vermutlich wissen, macht Frankreich gelegentlich Versuche mit Unterwasserraketen. Und wir müssen herausfinden, ob sich der Abschuß solcher Raketen negativ auf das Meeresleben auswirkt."

„Gut", sagte Plana. „Nun wissen Sie genausoviel wie wir. Wie ist es jetzt mit dem kleinen Spaziergang?"

Der Chefingenieur und sein Sicherheitsoffizier setzten sich in Richtung Ausgang in Bewegung, und Lennet und Liane hatten gar keine andere Wahl, als ihnen zu folgen.

„Wir müssen leider arbeiten", verkündete Porticci. „Sie müssen uns entschuldigen. Mittagessen ist pünktlich um zwölf Uhr. Ich hoffe, daß spätestens um 13 Uhr das Flugzeug kommt, um Sie abzuholen."

Die jungen Leute sahen sich brüsk vor die Tür gesetzt. Henry Goffic, der im Augenblick angeblich keine wichtige Arbeit zu erledigen hatte, bot sich an, sie zu begleiten. Ganz offensichtlich auf einen Befehl Planas.

„Ich bringe Sie zum Gipfel der Insel", meinte er. „Man hat dort einen wunderbaren Blick."

Eine halbe Stunde später standen sie nach einem Aufstieg, der nur durch die Hitze etwas beschwerlich war, auf dem höchsten Punkt der Insel.

Diesmal erkannte Lennet die Form der Insel sofort wieder. Das Griffbrett der „Gitarre" verlief in nordwestlicher Richtung. Die kleine Festung, die so gut getarnt war, daß man sie nicht erkennen konnte, lag zwischen dem Griffbrett und dem Punkt, an dem sie sich jetzt befanden. Auf der entgegengesetzten Seite, die den unteren Teil der Gitarre bildete, lag dichter und anscheinend undurchdringlicher Dschungel.

„Kommen Sie oft da hinunter?" fragte Lennet.

„Nicht oft. Ich bin kein Jäger. Porticci geht dort manchmal auf Jagd, und Baret sucht dort nach Schmetterlingen. Manchmal auch Leutn . . ., ich wollte sagen: Plana, der für unsere

Sicherheit verantwortlich ist. Er wacht darüber, daß niemand dort landet.“

„Und was machen Sie zu Ihrer Zerstreuung?“ wollte Liane wissen.

„Ich spiele Gitarre und singe.“

„Was singen Sie?“

„Meist bretonische Volkslieder. Mein Lieblingslied ist: ‚Wer wartet auf mich im Land der Bretonen.‘ Wenn Sie wollen, singe ich es Ihnen nach dem Essen einmal vor.“

Lennet prüfte weiter die Insel. Der südwestliche Teil, der der Insel Saturnin am nächsten lag, war seiner Meinung nach am besten für heimliche Treffen geeignet. Oder aber auch, um optische Signale zu geben, denn eine Landung dürfte wegen der versteckten Radar- und Sonaranlagen kaum unbemerkt möglich sein. Dagegen wäre an ein optisches Signal, etwa mit weitreichendem Laser, ohne weiteres zu denken.

Nach einem kleinen Umweg über den südlichen Strand, wo die Schiffbrüchigen zuerst gelandet waren und wo noch die Reste ihres Floßes lagen, kehrten sie in die Villa zurück.

Das Essen, zubereitet von Madeleine Terran, war ausgezeichnet. Vor dem Essen schlug Plana ein Gläschen Wermut vor. Die Gäste lehnten höflich ab, doch Plana, der Chef und Monsieur Baret genossen den Aperitif offensichtlich mit größtem Vergnügen. Porticci erklärte, die Aufgabe sei bald gelöst, und dann könne man in umgekehrter Richtung die 17 333 846 776 Millimeter („und ein paar Stäubchen“, wie er gewichtig hinzufügte) zurücklegen, die sie auf der Reise von Paris hierher hinter sich gebracht hatten.

„Aber wir beanspruchen doch auch ein paar Quadratmillimeter“, protestierte Liane.

„Ich spreche von der Mitte des Tisches, an dem wir sitzen“, antwortete er.

Liane warf Lennet auffordernde Blicke zu. Er schien nicht die geringste Neigung zu haben, etwas zu unternehmen. Und doch mußte in wenigen Augenblicken das Flugzeug hier sein.

Aber um 13 Uhr brachte Goffic eine enttäuschende Antwort auf eine Blitzanfrage: Die Insel Papeete meldete, daß die Panne des Wasserflugzeugs doch schwerer sei, als man angenommen habe. Die Schiffbrüchigen müßten sich bis morgen gedulden.

Lennet wußte schon vorher, was die Nachricht besagte, und er beobachtete aufmerksam Porticci, als dieser sie las. Er wurde rot im Gesicht und gab dann allgemein die schlechte Nachricht bekannt. Lennet spielte eine Mischung aus Überraschung und Erleichterung, wobei er die anderen nicht aus den Augen ließ, um ihre Reaktion zu sehen. Plana verbarg seine Unzufriedenheit nicht im geringsten. Auch Baret zog die Augenbrauen zusammen. Nur Madeleine Terran lächelte.

„Das ist aber fein. Da haben wir Sie ja noch länger hier bei uns!“ sagte sie.

Und Henry Goffic rief: „Da kann ich Ihnen mein Lieblingslied so oft vorsingen, wie Sie nur wollen.“

Der Chefingenieur stand auf und verließ ohne weitere Worte den Raum. Plana und Baret folgten ihm. Goffic dagegen brachte seine Gitarre und schickte sich an, die Gäste mit seinem Gesang zu erfreuen. Sein Lied war eigentlich sehr hübsch. Aber leider sang er fürchterlich falsch und wiederholte jede Strophe, wobei er beim zweiten Mal eine Reihe von Schluchzern und Seufzern anbrachte. Dadurch wurde das Lied gleichzeitig trauriger und drolliger, als es beabsichtigt war.

„Monsieur Goffic“, sagte Liane höflich, „ich bedaure Ihre Verlobte, die Ihr Lied nicht hören kann.“

„Aber sie kann es bald hören“, rief der Künstler begeistert. „Und dann heiraten wir, und ich kann es ihr von morgens bis abends und von abends bis morgens vorsingen.“

Nachdem die musikalische Einlage beendet war, äußerten Lennet und Liane den Wunsch, die Reste ihres Floßes noch einmal zu sehen.

„Wir gehen aber allein“, sagte Liane bestimmt. „Wir wollen

niemanden am Arbeiten hindern."

Plana, der plötzlich aus dem Nichts auftauchte, erhob keine Einwände. Ohne Zweifel sagte er sich, daß er die beiden ohne weiteres mit dem Fernglas beobachten konnte.

Als sie allein waren, fuhr Liane Lennet an:

„Was bist du denn für ein Geheimagent? Jetzt sind wir vierundzwanzig Stunden auf der Insel. In weiteren vierundzwanzig Stunden schmeißt man uns hier raus. Und wir haben noch nicht den geringsten Hinweis gefunden!"

„Das ist richtig", gab Lennet zu. „Aber ich weiß nicht, wie ich es anfangen soll. Hast du eine Idee?"

„Ja", fuhr Liane auf. „Ich habe Ideen. Und die erste besteht darin, daß du dich über mich lustig machst. Die Verspätung der Maschine war doch eingeplant. Oder nicht? Und morgen wird man feststellen, daß die Panne noch schlimmer ist und daß man die Ankunft bis in die nächste Eiszeit verschieben muß."

„Für einen Anfänger in dem Geschäft nicht schlecht", meinte Lennet.

„Und im Zentrum der Festung liegen die Geheimlaboratorien? Und die Türen sind so gut verborgen, daß man überall nur Mauern sieht. Deshalb können die Leute plötzlich auftauchen und verschwinden, als wären es Gespenster."

„Mein lieber Freitag, du hast die Gabe des Zweiten Gesichtes."

„Das braucht man gar nicht, um festzustellen, daß du viel mehr weißt, als du zugibst, und daß du viel weniger gerissen bist, als du behauptest."

„Du drückst dich so elegant aus ..."

„Und was hast du tatsächlich bis jetzt getan?"

„Nicht viel."

„Aber es eilt. Du hast gehört, daß die Arbeiten bald abgeschlossen sind. Und dann sind alle Geheimnisse der Atropisten in der Hand des Feindes!"

Zischend sauste ein Pfeil an Lennet vorbei und bohrte sich in den Stein

„Möglich!"

„Ist das alles, was du dazu zu sagen hast? Armes Frankreich, wenn es keine besseren Geheimagenten hat."

„Aber es hat glücklicherweise Amateure wie dich!"

„Und ich schäme mich nicht, mich dazu zu bekennen. Du wirst immer noch überlegen, wenn ich den Verräter schon längst entlarvt habe. Es kann übrigens nur Goffic sein!"

„Wieso das?"

„Ein Spion ist ein Ungeheuer, und nur ein Ungeheuer kann so singen wie er."

Der Spaziergang hatte nicht gerade freundlich begonnen. Am Strand betrachteten sie wehmütig die Reste ihres Floßes. Aber nicht lange.

„Ich mache einen Rundgang durch die Insel", verkündete Lennet.

Liane sah ihn mit ironischem Blick an.

„Vergiß nicht, Jules nach seinen Erfahrungen zu befragen. Ich kümmere mich inzwischen um Goffic."

„Es lebe die neue Mata Hari", entgegnete Lennet und verschwand im Dschungel.

Er war froh, Liane los zu sein. Immer stärker machte er sich selbst Vorwürfe, sie in das Geheimnis eingeweiht zu haben, denn immer stärker wurde in ihm der Verdacht, daß sie irgendwie mit dem Feind zusammenarbeitete.

Den ganzen Nachmittag hindurch streifte er durch die Insel und suchte eine Stelle, wo man einen Apparat unterbringen konnte, um über größere Entfernungen hinweg Signale zu geben. Vor allem durchstöberte er den Südwesten. Hier gab es viele Pfade, die öfter begangen wurden. Aber er fand nirgendwo eine Spur, daß hier Material transportiert wurde.

Er hatte gerade einen Basaltfelsen erreicht, als er glaubte, ein Geräusch zu hören. Er fuhr herum. Etwas pfiff an ihm vorbei. Lennet ließ sich fallen.

Knapp neben ihm steckte ein Pfeil aus einem Blasrohr im Stein. Das gefiederte Ende zitterte noch.

Atropos bezwingt Amazone

Es war nicht das erste Mal, daß auf Lennet geschossen wurde. Aber es war der erste Angriff mit einem Blasrohr. Und er war so plötzlich gekommen, daß Lennet sich, obgleich er nicht eigentlich Angst hatte, hinter seinem Stein ganz klein machte.

Doch es folgte kein zweiter Schuß. Da er keine Waffe bei sich hatte, konnte Lennet nicht zum Gegenangriff übergehen. Sollte er liegenbleiben und warten, ob der Gegner einen zweiten Angriff startete? Oder war es besser, die Beine in die Hand zu nehmen und das Weite zu suchen?

Zwei Überlegungen brachten Lennet dazu, die zweite Lösung zu wählen. Erstens hatte die Insel von seinem Standpunkt bis zum Dschungel ein Gefälle, so daß er rasch eine neue Deckung fand. Zweitens war er bei einem kräftigen Dauerlauf schneller bei der Festung als sein Gegner, und er konnte dort feststellen, wer fehlte.

Ohne weiter nachzudenken, sprang Lennet hoch, machte eine Hechtrolle erster Klasse, um einem zweiten Schuß aus dem Blasrohr wenig Ziel zu bieten, und rannte dann mit Höchstgeschwindigkeit los. Ein zweiter Pfeil flog weit an ihm vorbei. Im Zickzack stürzte Lennet den Hang hinab.

Aber es gab keinen dritten Schuß. Offenbar wollte der Gegner nicht mit einer Pistole oder einem Gewehr schießen, um nicht durch den Knall die Aufmerksamkeit auf sich zu ziehen. Deshalb diese primitive Waffe. Oder wollte er damit vorgeben, ein Wilder mache Jagd auf Menschen?

Fünf Gesichter, fünf Gestalten zogen am Geist Lennets vorbei: Porticci, der athletische Chef, Baret, der alte Herr mit den weißen Haaren, der finstere Plana, Goffic, der sich für musikalisch hielt, die melancholische Madeleine Terran. All diese Leute hatte er theoretisch genau studiert. Und dennoch hätte er nicht sagen können, welcher von ihnen ihm irgendwie verdächtig erschien.

Die Sonne ging unter. Grüne Wolken schienen mit violetten zu ringen, und alle schwammen in einem Himmel von unglaublichem Rot. Jules, die Pythonschlange, hatte sich auf einem Ast zusammengerollt und verdaute ihre Beute.

Lennet erreichte immer noch laufend den kleinen Hügel, auf dem die Festung lag, ohne auch nur ein wenig langsamer geworden zu sein.

Die Eingangstür war offen. Der alte Baret kam wohl gerade von einem Spaziergang zurück. Er schien mit dem Gitter im Vorraum zu sprechen. In Wirklichkeit flüsterte er nur das Losungswort des Tages. Lennet schloß sich ihm an. Der Meeresforscher lächelte ihn an: „War's schön heute nachmittag?"

„Wunderbar, vielen Dank."

Gemeinsam gelangten sie in den Rundgang. Lennet hatte den Weg in fast direkter Linie zurückgelegt. Es war also ausgeschlossen, daß Baret schneller als er gewesen sein sollte, wenn er von der gleichen Stelle gestartet war. Übrigens war er nicht im geringsten außer Atem.

Einer scheidet aus, dachte Lennet.

Plana erschien in der Tür seines Büros.

„Ich habe geglaubt, Sie seien verlorengegangen, Blanchet", sagte er. Sichtlich war er schlecht gelaunt.

Der zweite, dachte Lennet.

Er warf einen Blick durch die halboffene Tür des anderen Büros. Madeleine Terran tippte gerade auf der Schreibmaschine.

Die dritte!

Er kam in den Speiseraum. Der Chefingenieur ließ sich gerade in einen Sessel fallen, der unter seinem Gewicht quietschte. Er hatte eine Flasche Wermut in der Hand.

Und der vierte!

In diesem Augenblick kam Henry Goffic herein und schwenkte ein Blatt Papier.

„Was ist?" fragte Porticci. „Ist die Maschine repariert?"

„Nein, Chef. Meine Verlobte wünscht mir alles Gute zum Namenstag."

Verblüfft starrte Lennet die fünf Menschen an, die sich im Eßzimmer versammelten. Keiner von ihnen konnte es gewesen sein, außer er verfügte über einen Zauberstab, mit dem er sich unsichtbar machen konnte, und war außerdem noch Anwärter auf den Mittelstrecken-Weltrekord.

Das Abendessen war von Monsieur Baret zubereitet worden, der als Meereskundler gleichzeitig Künstler in der Zubereitung von Fischen war. Man setzte sich gerade zu Tisch, pünktlich um 19 Uhr, als sie draußen Rufe hörten:

„Öffnen Sie! Ich kann nicht hinein!"

Es war die Stimme Lianes.

Plana drückte auf einen Knopf, der die Tür und das Gitter in Gang setzte.

„Mademoiselle", sagte er finster, „Sie sollten nicht allein spazierengehen!"

„Warum? Ich habe keine Angst vor Landstreichern", entgegnete sie hochmütig. Und Lennet flüsterte sie ins Ohr: „Ich weiß, wer es ist!"

Dann setzte sie sich mit unschuldiger Miene an den Tisch.

Beim Essen beobachtete Lennet das Mädchen. Liane sah wirklich nicht wie eine Mörderin aus. Aber sie war die einzige, die für den Zeitpunkt, zu dem auf ihn geschossen wurde, kein Alibi besaß. Die Frage war allerdings, woher sie ein Blasrohr haben sollte. Lennet hatte den Pfeil nicht genauer geprüft, aber er hatte den Eindruck, daß er aus Metall war und überdies sehr sorgfältig gearbeitet. Und ein Geschoß dieser Größe benötigte ein großes Blasrohr, das Liane nicht in ihrer Kleidung verborgen haben konnte. Überdies: Wieso sah sie so zufrieden aus, wenn sie gerade das Ziel verfehlt hatte?

Nach dem Essen sang Henry wieder sein Lied, während sich seine Kollegen eiligst verzogen.

Nach der dreiundvierzigsten Strophe (Henry hatte noch ein paar hinzugefügt, die auf seinem eigenen Mist gewachsen waren) wies Liane darauf hin, daß sie müde sei.

„Ich gehe ins Zelt. Kommst du mit, Jérôme?"

Offensichtlich hatte sie es eilig, Lennet ihre Entdeckungen mitzuteilen. Ob sie wirklich müde war oder die Müdigkeit nur spielte, konnte Lennet nicht beurteilen. Er selbst hatte sich gehütet, irgendein Gericht zu essen oder etwas zu trinken, von dem nicht zuvor auch Plana gekostet hatte, und er fühlte sich völlig frisch. Trotzdem gähnte er ziemlich deutlich.

„Ja", sagte er. „Ich bin wohl zuviel in der Sonne gewesen. Ich habe das Gefühl, zwanzig Stunden in einem Stück schlafen zu können."

Als sie auf dem Weg zu den Zelten waren, packte Liane Lennet am Arm.

„Während du spazierengegangen bist, habe ich gute Arbeit geleistet. Weißt du, wer der Verräter ist?"

„Noch nicht, aber ich habe das Gefühl, daß ich es gleich erfahren werde. Wer ist es?"

„Nicht so eilig. Als du mich verlassen hast, bin ich in die Festung zurückgegangen und suchte einen Gesprächspartner. Ich muß gestehen, daß die Herren Porticci und Plana völlig unempfindlich für meinen Charme waren. Baret war völlig verschwunden. Glücklicherweise habe ich meine gefühlvolle Seele entdeckt und auch meinen unbezwingbaren Wunsch, traurige Lieder zu lernen.

Natürlich nicht während der Arbeitszeit, hat mir der gute Henry erklärt. Aber inzwischen fanden wir doch Zeit, um über die Bretagne, über bretonische Volkslieder und bretonische Spracheigenheiten zu plaudern."

„Nun und?"

„Nun gut, nachdem ich also meine Leidenschaft für alles Bretonische entdeckt hatte, fand ich plötzlich auch meine Liebe für alles Elektronische wieder. Ich ließ mir also die ganzen Einrichtungen des Funkraumes erklären. Er schwatzte auch ganz munter drauflos, bis wir an eine bestimmte Stelle kamen, ein Gerät, das er überhaupt nicht zu sehen schien. Er stotterte ein bißchen und sprach dann von etwas ganz anderem."

„Hast Du bemerkt, was für ein Gerät das war, ganz vage wenigstens?"

„Überhaupt nicht vage, mein Bester. Es war ein Magnetophon, aber keines, das mit Band arbeitet, sondern eines, das statt dessen einen Draht verwendet. Ich kannte einmal einen Burschen, der ganz verrückt war mit solchem Zeug, und der hat mir erklärt, daß dieses Gerät gegenüber dem normalen Tonband und der Kassette einen großen Vorteil hat: Die Aufnahme braucht so gut wie keinen Platz. Aber, und jetzt kommt's, mein lieber Geheimagent, das Gerät war mit keinem sichtbaren Mikrofon verbunden. In der Buchse für das Mikro steckte ein Draht und der führte direkt in die Decke."

„Eine ausgezeichnete Beobachtung."

„Du hast ja keine Ahnung. Es kommt noch besser. Ich habe Henry in sein Zimmer geschickt, die Gitarre holen. Inzwischen bin ich auf einen Stuhl gestiegen und habe eine der Platten an der Decke abgemacht. Du weißt ja, daß da überall diese Platten sind. Zwischen den Platten und der Betondecke ist ein Hohlraum. Ich habe eine Taschenlampe von Henry genommen, um zu sehen, wohin der Draht führt."

„Und?"

„Er führt in Richtung Zentrum. Also dorthin, wo sich vermutlich die geheimen Laboratorien befinden!"

„Aber vielleicht gehört es zu den Aufgaben Henrys, die Gespräche der Spezialisten aufzuzeichnen."

„Aha, ich sehe. Ich habe den Verräter demaskiert, und du verteidigst ihn!"

Lennet dachte nach. Die beiden Leute, die vor ihm den Fall untersuchten, hatten erwähnt, daß alle Gespräche der Fachleute aufgezeichnet würden. Und Henry Goffic hatte ihnen gezeigt, wie das funktioniert. Aber sie hatten von Bandaufnahmen gesprochen und nicht von Drahtaufnahmen ... Hatte Liane wirklich eine Entdeckung gemacht oder versuchte sie nur, seinen Verdacht abzulenken?

Die beiden jungen Leute wünschten sich kühl gute Nacht, und jeder ging in sein Zelt. Lennet wartete, bis er sicher sein

Langsam glitt die Panzertür auf

konnte, daß Liane eingeschlafen war, und kroch dann aus dem Zelt.

Die Nacht bot ein großes Konzert aus vielen, vielen Tierstimmen. Überall summte, brummte, zirpte, pfiff es. Da vor wenigen Stunden jemand versucht hatte, ihn umzubringen, glitt Lennet vorsichtig und lautlos zwischen Gräsern und Büschen dahin. Jede kleine Erhöhung, jeder Strauch konnte ein Hinterhalt sein. Doch es geschah nichts.

Nach einer halben Stunde war er beim Hügel, auf dem der Bau der Atropisten stand. Lennet setzte sich, zog den rechten Tennisschuh aus und zog ein Taschenmesser heraus. Vorsichtig führte er es zwischen die beiden Gummischichten des Schuhs und löste sie voneinander. Dann zog er eine magnetische Karte hervor. Sie war die einzige Ausrüstung, die man ihm für diesen

Fall mit auf den Weg gegeben hatte. Im übrigen mußte er sich auf seine eigenen Einfälle verlassen.

Alle Fenster der kleinen Festung waren dunkel. Lennet schlich zum Eingang. Es gab ein paar Stellen, an denen er besonders vorsichtig sein mußte, um keinen Alarm auszulösen.

An der Tür, die wie eine Tresortür gepanzert war, schob er die Karte in den vorgesehenen Schlitz. Die Tür glitt langsam auf. Lennet schlich in den Vorraum. Geräuschlos wie sie aufgegangen war, schloß sich die Panzertür wieder.

Vor dem unsichtbaren Mikrofon des Gitters flüsterte Lennet das Losungswort: „Atropos bezwingt Amazone".

Das schwere Stahlgitter hob sich ohne den geringsten Laut wie von einer Zauberhand geschoben. Lennet ging durch. Sofort senkte es sich wieder.

Es herrschte absolute Dunkelheit. Der junge Geheimagent war in der Festung eingeschlossen.

Das Geheimlabor

Lennet wußte nicht, was er eigentlich suchte. Er hoffte nur, irgendeine Spur zu entdecken, eine Unvorsichtigkeit, die der „Verräter" begangen haben mochte. Der Verräter, der sicher genau wußte, daß Lennet nicht der harmlose Jérôme Blanchet war, für den er sich ausgab.

Die Sicherheit der kleinen Festung beruhte ganz auf elektronischen Raffinessen, und keiner der Bewohner hielt Wache. Aber es war denkbar, daß einer nicht schlafen konnte. Lennet mußte also so leise wie möglich vorgehen und durfte auch kein Licht im Gang einschalten.

Tastend bewegte er sich vorwärts, vorbei am Speisezimmer, an der Küche und am Lagerraum. Er würde sie später untersuchen, wenn ihm noch Zeit blieb. In vier der fünf Schlafzimmer herrschte Stille, nur aus dem Raum Planas drang melodisches Schnarchen.

Der Eindringling kam zum Büro des Chefingenieurs. Die Tür war verschlossen, aber die magnetische Karte erwies sich auch hier als Sesam-öffne-dich. Nachdem Lennet sich vergewissert hatte, daß der stählerne Fensterladen geschlossen war, zündete er das Licht an.

Geschockt durch das plötzlich aufflammende grelle Licht glaubte Lennet einen Augenblick lang, alle fünf Schläfer müßten durch das Knack des Schalters aufgewacht sein. Aber nichts rührte sich.

Mit der Sicherheit und Schnelligkeit des Profis machte er sich an die Durchsuchung. Die Schreibtischschubladen waren nicht abgeschlossen und enthielten auch keine geheimen Papiere. Der kleine Panzerschrank war verschlossen. Doch Lennet hatte die Kombination auswendig gelernt. Auch hier ergab sich nichts.

Das gleiche Ergebnis brachte das Büro der Sekretärin. Lennet stellte lediglich fest, daß das Fotokopiergerät auf sechs Abzüge eingestellt war.

Er löschte das Licht und glitt wieder in den Gang hinaus. Als nächstes stand das Büro Planas auf seiner Liste. Dort herrschte die gleiche peinliche Ordnung wie in dem des Chefs. Nur waren hier die Schubladen nicht mit beschriebenen Blättern gefüllt, sondern mit Heften, auf denen „Verdächtige Bewegungen" stand. Die Aufzeichnungen in diesen Heften lasen sich so:

„18 Uhr 3. Bar. Schmetterlingsjagd. 18 Uhr 7. Telegr. für Goffic ... 22 Uhr 17. Schrei aus Zim. M. Terran. Angeblich Albtraum. 9 Uhr 17. Porti. verlangt zweite Flasche Tinte in sechs Tagen. 14 Uhr 13. Radar signalisiert Schiff in vier Meilen ..."

Es gab ganze Bände dieser Art. Vielleicht hätte eine genaue Prüfung mit Vergleichen interessante Aufschlüsse ergeben, vor allem wenn man einen Computer einsetzte. Aber einerseits nahm der Leutnant seine Aufgabe so ernst, daß ihm dergleichen selbst aufgefallen wäre, zum anderen drängte die Zeit: In wenigen Tagen war die Mission erfüllt. Es war also keine Zeit für solche komplizierten Untersuchungen.

Von Planas Büro aus ging Lennet in den Funkraum. Hier herrschte eine ganz andere Atmosphäre. Die Mauern waren tapeziert mit Bildern der hübschen Bretonin und Plakaten der bretonischen Werbeindustrie. Alle Apparate waren abgeschaltet bis auf jenes Aufnahmegerät, dessen Existenz schlecht zu erklären war. Wie Liane stieg auch Lennet auf einen Stuhl und untersuchte die Leitung. Danach befestigte er die Platte wieder an der Decke und stieg nachdenklich herunter.

Die Abgeschlossenheit, die den Atropisten auferlegt worden war, war so perfekt, daß aller Wahrscheinlichkeit nach keiner gewagt hätte zu fragen, was Goffic mit diesen Aufnahmen machte. Da übrigens jeder die strenge Anweisung hatte, sich nur um seine eigenen Angelegenheiten zu kümmern, bestand auch die Möglichkeit, daß die anderen gar nicht wahrgenommen hatten, was im Funkraum vor sich ging.

Hatte Liane recht, wenn sie den Schluß zog, daß Goffic der Verräter sein müsse?

Gewiß, er war gleichzeitig Richtschütze und Funker und außerdem durch das Aufnahmegerät über die geheimen Gespräche in den Laboratorien unterrichtet. Aber besaß er wirklich so viele Informationen, wie die Gegner sie erhalten hatten? Auf den ersten Blick mochte man diese Frage bejahen. Doch Lennet wußte absolut sicher, daß dies nicht der Fall war. Da die Chefs der Experimente natürlich auch wußten, mit welch raffinierten Abhörmethoden man heute arbeitete, hatten sie den Wissenschaftlern strikt untersagt, die Namen der bei der Herstellung verwendeten Stoffe und die Formeln der Zusammensetzung auszusprechen. Dies alles wurde schriftlich mitgeteilt, auf einem Spezialpapier, das dreißig Sekunden, nachdem es beschrieben wurde, von allein in Flammen aufging.

Wenn also Porticci Baret fragen wollte, was für eine Wirkung eine besondere Mischung gehabt habe, so klang das auf Band etwa folgendermaßen:

„Lieber Baret, als wir... mit... im Verhältnis von... gemischt haben, was ist dabei herausgekommen?"

Die Leerstellen füllte er durch Notizen auf dem Block mit dem Spezialpapier aus. Auf dem Tonband aber blieben diese Leerstellen eben, was sie waren: Leerstellen. Wenn Goffic also der Verräter war, dann mußte er außer seinem Aufnahmegerät auch noch Zugang zu den Tresoren haben, in denen die Ergebnisse aufbewahrt wurden.

Das war unmöglich, oder doch wenigstens höchst schwierig, und vermutlich gab es für das Aufnahmegerät eine ganz unschuldige Erklärung. Der Auftrag zu diesen Aufnahmen konnte zum Beispiel auch gegeben worden sein, nachdem Lennet schon unterwegs war, so daß er also nichts davon erfahren hatte. Da er über keine Verbindungen zu seinen Vorgesetzten verfügte, konnten sie ihn nicht mehr benachrichtigen. Kurz: Goffic war verdächtig, ja sogar sehr verdächtig, aber als Verräter konnte man ihn bis jetzt auf keinen Fall bezeichnen.

Vom Funkraum ging Lennet ins Laboratorium hinüber. Hier fanden die chemischen Experimente statt, mit denen die Raketentreibstoffe verbessert werden sollten. Jede Schachtel, jedes Fläschchen war mit einem Decknamen versehen. So hieß zum Beispiel die Schwefelsäure hier Kamille, und unter der Aufschrift Eisenhut verbarg sich schlicht Zyankali. Damit konnte man natürlich nicht einmal den dümmsten Spion hinters Licht führen. Es war mehr eine Marotte der Wissenschaftler selbst.

Die erste Tätigkeit Lennets in diesem Raum bestand darin, sich zu vergewissern, daß ein harmloses Produkt mit dem Namen „Lindenblüte" vorhanden war. Ja, es war da: Ein türkisfarbenes, geruch- und geschmackloses Pulver. Wenn seine Aufgabe, die unter dem Decknamen „Schere" lief, die Aufgabe also, den Verräter zu entlarven, scheitern sollte, mußte Lennet einen anderen Auftrag ausführen, bei dem diese „Lindenblüte" wichtig war.

Darüber hinaus gab es für den Geheimagenten im Laboratorium nichts Wesentliches zu entdecken, und er ging rasch wieder hinaus. Aus Gewissenhaftigkeit warf er noch einen Blick in die Badezimmer, in die Küche und das Lager. Nirgendwo fand er etwas Interessantes, außer vielleicht die Tatsache, daß der Vorrat an Wermut auf eine Flasche zusammengeschrumpft war. Porticci, Plana und Baret würden also demnächst auf ihr Lieblingsgetränk verzichten müssen.

Jetzt mußte Lennet nur noch in jenen geheimen Teil der kleinen Festung eindringen, den es angeblich gar nicht gab.

Er ging wieder in den finsteren Rundgang. Dabei bückte er sich tief hinab und fuhr mit der Hand in Kniehöhe an der Wand entlang. Nachdem er zweimal auf einen Knopf gedrückt hatte, den er nach wenigen Metern in der Wand fand, fühlte er einen schmalen Schlitz. In ihn führte er die andere Seite seiner magnetischen Karte ein. Sogleich glitt ein Stück der Wand zur Seite. Sanftes Licht drang auf den Gang. So schnell es ging, überschritt Lennet die Schwelle. Die Tür schloß sich.

Er befand sich in einem runden Saal mit mehreren Ebenen, vergleichbar einem Zirkus mit drei Rängen. Ein bläuliches Licht verbreitete eine kühle Atmosphäre.

Der oberste Rang war ein Lager aus Tanks mit den verschiedenen Raketentreibstoffen, mit denen hier experimentiert wurde. Auf dem zweiten lagen Pyramiden aus Geschossen, zum Teil mit Treibstoff gefüllt, zum Teil leer. Sie glichen Granaten mit kleinen Flügeln am Ende. Alle waren etwa vierzig Zentimeter lang und zwölf Zentimeter dick. Im dritten Rang waren die Sicherheitsvorkehrungen untergebracht: Radarschirme, Sonarschirme, Funkempfänger, Geräte also, die mit verborgenen Aufnahmegeräten auf der Insel in Verbindung standen und mit denen man jeden Eindringling frühzeitig orten konnte. Durch sie waren die Atropisten auch von Lennets und Lianes Landung unterrichtet gewesen. In der eigentlichen „Arena“ dieses geheimen Zirkus standen drei Schreibtische, ein Panzerschrank, eine Elektrizitätszentrale, von der aus alle Geräte auf der Insel betätigt wurden, und eine Motorengruppe, die die notwendige Energie lieferte. In der Mitte des Ganzen befand sich eine runde gepanzerte Platte, die eine Öffnung im Boden verschloß.

Lennet prüfte rasch die ganze Einrichtung. Er hatte sie auf Fotos genau studiert und wußte, wo sich die einzelnen Dinge befinden mußten. Es war offenbar alles in Ordnung.

Dann steckte er seine Karte in den Schlitz bei der Bodentür. Sie hob sich sofort, und Lennet sah eine Eisentreppe, die in das Innere der Insel hinabführte. Er stieg hinab. Er hatte keine Überraschungen zu erwarten, aber er wollte alles gesehen haben.

Nachdem er zwanzig Meter hinabgestiegen war, kam Lennet in einen Gang. Vom Ende dieses Ganges her drang ein dumpfes Rumoren.

Lennet lief. Je weiter er kam, desto deutlicher wurde das Dröhnen. Nach etwa zweihundert Metern befand er sich in einem Saal, der halb unter der Erde, halb unter dem Wasser lag. Durch eine dicke Panzerglasscheibe konnte man das Wasser sehen. In verschiedenen Höhen waren die Abschußrohre für die Geschosse angebracht. Durch die gewölbte Scheibe konnte man von unten den bewegten Meeresspiegel sehen.

Zwar war Lennet noch nie hier gewesen, aber er kannte sich trotzdem ebensogut aus, als gehöre er zu der Mannschaft, die hier arbeitete. Es gab nichts Besonderes oder Auffallendes. So drehte Lennet um und ging den Weg zurück. Bald stand er wieder im Freien, in der tropischen Nacht mit ihren geheimnisvollen Geräuschen.

Hatte er etwas Verdächtiges entdeckt? Nichts! Außer dem

sonderbaren Tonbandgerät Goffics. Oder war ihm etwas entgangen? Er hielt es durchaus für möglich.

Lennet lief durch den Dschungel. Der Gedanke an Jules und seine Artgenossen war nicht gerade angenehm, aber alles in allem waren Riesenschlangen wohl doch ungefährlicher als Spione mit Blasrohren. Sollte er auf einen Baum klettern? Aber wer garantierte ihm, daß dieser Baum nicht gerade das Lieblingsschlafzimmer eines Freundes von Jules war? Sollte er in sein Zelt kriechen? Wie aber sollte er sicher sein, daß der Feind mit dem Blasrohr ihm nicht einen Pfeil durch die Zeltwand schickte? Nach kurzer Überlegung beschloß Lennet, sich zwischen den Felsen zu verstecken, die den östlichen Strand säumten. Das war zwar nicht sonderlich bequem, dafür aber relativ sicher. Er legte den Kopf auf den Arm und schlief rasch ein.

Als er am nächsten Morgen erwachte, war sein erster Gedanke:

Nur noch vier Tage!

Er erhob sich und lief zu den Zelten. Liane steckte gerade den Kopf aus ihrem Zelt.

„Oh, der Herr Geheimagent", zischte sie leise. „Gestern hast du versprochen, um drei Uhr aufzustehen und hast bis Mittag geschlafen. Heute, wo der Verräter identifiziert ist, stehst du in aller Herrgottsfrühe auf!"

„Ich habe meine Zweifel an Goffics Schuld, Liane."

„So? Das ist ja fein. Und was hast du bis jetzt gemacht?"

„Ich habe mich umgesehen. Heute geht es los!"

„Schon? Willst du dich nicht lieber erst noch ein paar Tage umsehen?"

Liane schien ernstlich wütend zu sein, und Lennet machte es keinen Spaß, in ihren Augen als Trottel dazustehen. Aber konnte er ihr vertrauen, nachdem sie ihm den Streich mit dem Kompaß gespielt hatte, und nachdem sie, wenigstens schien es so, mit einem Blasrohrpfeil auf ihn geschossen hatte? Nein. Es war weitaus besser, ein bißchen lächerlich zu erscheinen, als ihr über seine nächtliche Expedition und über die Möglichkeiten zu berichten, die er noch hatte.

Diese Möglichkeiten erschienen ihm nicht gerade befriedigend. Gut, er kannte sich hier perfekt aus, er wußte über die fünf Leute auf der Insel genau Bescheid, und er hatte auch einen magnetischen Schlüssel, der ihm alle Türen öffnete. Aber sonst? Seine einzige Chance bestand darin, den Verräter auf frischer Tat zu ertappen. Aber darüber machte er sich keine Illusionen. Die Wahrscheinlichkeit war denkbar gering. Nun, wenn er Pech hatte, mußte er auf die Operation „Lindenblüte" umschalten . . .

Operation „Lindenblüte"

Im Verlauf des Tages versuchte Lennet mit jedem der fünf Inselbewohner ein Gespräch anzuknüpfen. Das war nicht so leicht, wie es auf den ersten Blick scheinen mochte. Da die Atropisten sich gegenseitig mißtrauisch beobachteten, vermied jeder, mit einem der Gäste allein gesehen zu werden, um nicht bei den anderen Verdacht zu erwecken. So gelang es Lennet gegen Mittag erst mit einiger Mühe, Madeleine Terran dazu zu überreden, ihm die schönsten Blumen der Insel zu zeigen.

„Ich liebe Blumen", erklärte sie, als sie die Villa verließen. „Sie sind so schön und so einsam. Die Menschen leben in Paaren zusammen, aber die Blumen leben allein. Ich fühle mich wohl bei ihnen. Sehen Sie nur diese wunderbare Orchidee." Sie wies auf eine große weiße Blüte mit bogig eingerollten Blütenblättern. „Und ist diese Ophrys nicht wunderbar?"

„Man könnte sie für einen Schmetterling halten", meinte Lennet.

„Die Ophrysarten gleichen alle Schmetterlingen!"

„Haben Sie immer schon Blumen geliebt?"

„Immer. Vor allem aber, seit mein Mann tot ist."

„War er krank?"

„Nein, Monsieur. Er war Offizier. Er ist verunglückt."

Lennet, der dies bereits wußte, beugte zum Zeichen seiner Anteilnahme den Kopf. Es herrschte einige Augenblicke Schweigen, während Madeleine Terran versuchte, ihre Tränen abzutrocknen.

„Sehen Sie die Schote, die an dieser Liane hängt?" fragte sie, als sie ihre Stimme wieder unter Kontrolle hatte.

„Sie riecht nach Vanille."

„Natürlich. Es ist ja auch Vanille."

„Sie verstehen viel von Botanik, Madame! Haben Sie denn erst nach dem Tod Ihres Mannes zu arbeiten begonnen?"

„Ja, ich mußte mich mit etwas beschäftigen."

„Sind Sie direkt nach Paramotu gekommen?"

„Nein, ich habe erst in anderen Stellen gearbeitet."

„Lieben Sie Ihre Arbeit? Ich stelle mir vor, daß Sie doch recht eintönig ist."

„Nun, ich tippe die Post und die Dokumente. Ich mache Fotokopien und führe das Archiv. Und wenn ich Zeit habe, gehe ich zu meinen Blumen. Das ist nicht langweilig."

Sie sprachen wieder eine Weile über Blumen, und dann steuerte Lennet sein Ziel direkter an.

„In der Schreibmaschinenfabrik, in der ich arbeite, haben wir viele Sekretärinnen. Mein Vater behauptet immer, wir hätten durch diese Frauen und Mädchen eine Menge überflüssige Kosten. Weil sie nicht nachdenken, so wie Sie!"

„Wie meinen Sie das?"

„Sehen Sie zum Beispiel die Vervielfältigungen an. Stellen Sie sich vor: Von jedem Blatt Papier, das bei uns hinausgeht, werden fünfzehn Kopien gemacht. Kommt Ihnen das normal vor?"

„O nein", rief Madeleine Terran und blieb stehen. „Fünf sind unter normalen Bedingungen doch völlig genug. Eine für den, für den das Papier bestimmt ist, eine für die Postregistratur, eine für das Archiv, eine für den direkten Chef und eine für die Vervielfältigungsabteilung. Höchstens brauche ich noch eine mehr für den Sicherheitsoffizier. Aber fünfzehn . . ., das ist verrückt!"

„Sie selbst machen also immer fünf Abzüge?"

„Aber gewiß doch."

Nun, gestern war die Fotokopiermaschine auf sechs Abzüge eingestellt. Hatte sich vielleicht ein anderer an ihr zu schaffen gemacht? Lennet durfte nicht weiter fragen, wenn er nicht Gefahr laufen wollte, Verdacht zu erwecken. So gab er sich mit ausführlichen Betrachtungen über eine Frauenschuh-Orchidee zufrieden.

Am Nachmittag dagegen schien Lennet Glück zu haben. Als sie gerade mit dem Essen fertig waren, fuhr sich der alte Baret durch die wirren weißen Haare und sagte:

„Ich werde jetzt eine kleine Bootsfahrt unternehmen, um zu sehen, ob tote Fische an den Strand gespült wurden. Hat jemand Lust, mit mir zu fahren? Sie vielleicht, Mademoiselle?"

„Aber mit dem größten Vergnügen", erwiderte Liane.

„Ich auch", fügte Lennet schnell hinzu. „Wenn niemand etwas dagegen hat."

Diesmal schien Leutnant Plana nichts gegen das Vorhaben einzuwenden zu haben. Lennet schloß daraus, daß der Vorschlag sogar von ihm selbst kam. Denn der Sicherheitsoffizier mußte auch wissen, daß das Märchen von den fliegenden Fischen nicht gerade sehr überzeugend klang. Fand man aber nun ein paar tote Fische, so konnte man darauf hinweisen, daß doch etwas an der Geschichte wahr sei.

Die Inselbewohner hatten ein schnelles Motorboot, das gut und gerne dreißig Knoten machte. Das Meer war glatt wie ein Spiegel.

„Ich bin froh, daß wir nicht auf der ‚Windsbraut' sind", sagte

Lennet und betrachtete begeistert die Kiellinie, die sie hinter sich ließen.

„Mir war die ‚Windsbraut' lieber", meinte Liane mit düsterem Gesicht. „Sogar das Floß hat mir besser gefallen. Diese Motordinger sind doch nicht das Richtige. Ich will Sie ja nicht ärgern, Monsieur Baret, aber das ist meine Meinung."

„Sie ärgern mich gar nicht", erwiderte der Wissenschaftler, „ich bin ganz Ihrer Meinung. Ich bin zwar Wissenschaftler, aber all diese teuflischen Erfindungen sind mir unbehaglich. So ein Segelboot ist schön, es ist leise und ruhig. Wir dagegen mit unseren Motoren, wir machen Krach, wir vergiften das Meer, wir stinken. Und diese modernen Waffen, halten Sie die für das Wahre? Mir sind Lanzen, Rüstungen und Segelschiffe schon immer lieber gewesen. Aber man muß eben mit der Zeit gehen."

„Und was halten Sie von Blasrohren?" fragte Lennet ohne Umschweife.

Baret geriet nicht im geringsten in Verwirrung.

„Ein Blasrohr, das ist wie ein Bogen", sagte er. „Es ist zwar schlimmer als eine Lanze, aber immer noch besser als eine Büchse."

Während er sprach, steuerte er mit sicherer Hand das schnelle Boot. Sie fuhren am südlichen Strand vorbei. Er nahm ein Fernglas zur Hand und suchte den Strand ab, als wolle er wirklich nach toten Fischen sehen. Aber er tat es nicht mit sonderlich viel Eifer.

„Sie könnten langsamer fahren. Dann sieht man besser", meinte Liane.

„Lohnt sich nicht", entgegnete er und gab Gas.

Lennet und Liane sahen sich überrascht an. Offensichtlich hatte der Geheimagent sich in seinen Vermutungen getäuscht. Und ob die Überraschung des Mädchens gespielt oder echt war, vermochte Lennet nicht auszumachen.

Bald war Paramotu nur noch ein Streifen am Horizont, aber

Monsieur Baret machte keine Anstalten umzukehren. Als Liane es ihm nahelegte, fragte er: „Ist das nicht ein herrliches Wetter. Ich bin lieber auf dem Wasser als in meinem stickigen Labor. Können Sie das verstehen?“

Auf eine solche Frage gab es keine Antwort, aber Liane flüsterte Lennet ins Ohr: „Hast du wenigstens Kieselsteine in der Tasche, Hänschen? Ich fürchte, Monsieur Baret will uns auf offenem Meer aussetzen.“

Wie um Liane Lügen zu strafen, rief Baret plötzlich:

„Ich habe eine Idee! Was haltet Ihr davon, Saturnin zu besuchen?“

„Kennen Sie ihn?“ fragte Lennet.

„Aber natürlich. Es hat mich schon mal bis zu seiner Insel getrieben.“

„Ist das lange her?“

„Vier oder fünf Monate vielleicht. Ich möchte doch gern wissen, was aus ihm geworden ist!“

„Halten Sie ihn für einen ernsthaften Wissenschaftler?“

„Junger Mann, Sie dürfen niemals einen Ozeanographen fragen, ob er einen Anthropologen für einen ernsthaften Wissenschaftler hält. Ich bin tief davon überzeugt, daß alle Wissenschaftler, die keine Ozeanographen sind, nur Spinner sein können. Und da er Wissenschaftler ist, aber kein Meeresforscher, ist Saturnin eben auch nicht dümmer als andere Leute, die sich Wissenschaftler nennen.“

„Meinen Sie, wir kommen rechtzeitig zurück?“ fragte Liane.

„Aber natürlich. In weniger als zwei Stunden sind wir in Tupatu. Sie werden sehen.“

Baret übertrieb nicht. Ohne sich weiter um die fliegenden Fische zu kümmern, nahm er Kurs auf Tupatu, wo sie an einem Strand landeten, der auf der anderen Seite der Insel lag.

Professor Saturnin mußte das Boot bereits draußen erspäht haben, denn kaum waren sie gelandet, als seine hagere struppige Gestalt auftauchte.

„Oh, Robinson und Freitag", rief er. „Und auch der liebe Baret, der sich für einen Wissenschaftler hält, obgleich er keine Ahnung von Anthropologie hat!" Er streckte den Ankömmlingen seine großen schmutzigen Hände entgegen. „Wollen Sie mich besuchen oder haben Sie beschlossen, sich auch dem Überleben in tropischen Breiten hinzugeben? In diesem Falle müßten Sie sich leider eine andere Insel suchen. Die Insel Saturnin ist nur für mich."

„Bekannt! Bekannt!" meinte Baret. „Wir wollten bloß sehen, wie das mit dem Überleben weitergeht."

„In diesem Falle danke ich Ihnen", sagte Professor Saturnin und lächelte leicht. „Sie könnten mir aber auch noch einen Gefallen tun. Die Strömung scheint meine Insel für einen Mülleimer zu halten und wirft mir alle Trümmer vom Boot dieser jungen Leute an den Strand. Sie könnten mir bescheinigen, daß alles noch am Strand liegt und daß ich mein Experiment ohne Hilfe von außen durchführe. Zwar zählt das Wort eines Ozeanographen in der Weltmeinung nicht viel, aber es ist besser als gar nichts."

Baret schluckte die kleine Bosheit lächelnd hinunter. Sie gingen über die Insel zur anderen Seite. Als sie auf dem Gipfel waren, schien es Lennet, als lausche Liane auf etwas. Er spitzte ebenfalls die Ohren und vernahm eine Reihe ferner Explosionen.

„Was mag das sein?" fragte er sich.

Sie stiegen zum Strand hinab, wo verschiedene Teile der „Windsbraut" umherlagen.

„Das sind die Knochen deines Opfers, Robinson", sagte Liane liebenswürdig.

Es schien, als sei auch nicht ein Teil an der Insel vorbeigetrieben.

„Ich stelle hiermit offiziell fest, daß die Trümmer und Gegenstände, die an diesen Strand geschwemmt wurden, weder von Menschen- noch von Anthropologenhand berührt wurden.

Und wenn Sie uns jetzt in Ihrer Höhle ein Gläschen anbieten würden, könnte ich auch noch kontrollieren, ob Sie etwas in Ihren Unterschlupf geschleppt haben."

„Kontrollieren Sie, mein Lieber", entgegnete Saturnin. „Mit dem Gläschen ist das so eine Sache: Ich kann Ihnen nur Wasser anbieten. Sie wissen ja, daß ich ein überzeugter Antialkoholiker bin."

Liane konnte nicht ahnen, daß an dieser Bemerkung etwas Komisches zu finden war, doch Lennet hätte sie leicht aufklären können, wenn er etwa den Einsiedler gefragt hätte, ob er den Wermut, den er lagerte, zum Fußbewaschen benützte. Aber aus Höflichkeit sah er von dieser Frage ab.

In der Höhle hatte sich nichts verändert, und Baret konnte feierlich feststellen, daß kein Stück von der „Windsbraut" hierher geschafft worden war. Saturnin bot ihnen ausgezeichnete Mangofrüchte an; Baret frotzelte ihn ein wenig wegen seines Antialkoholismus, und als sich die Sonne bereits neigte, nahmen die drei Besucher Abschied.

Der Motor dröhnte, und das Boot nahm Kurs auf Paramotu.

Die vier Atropisten, die nicht an dem Ausflug teilgenommen hatten, standen an der Steilküste über der kleinen Bucht, in der das Boot festgemacht wurde. Diesmal waren sie nicht bewaffnet, und ihre Bewegungen waren auch alles andere als feindlich. Ja, sie schienen lebhafte Freude auszudrücken.

„Haben sie vielleicht Sehnsucht nach uns?" fragte Liane so leise, daß nur Lennet es verstehen konnte.

„Ich glaube eher, daß sie Baret eine frohe Neuigkeit signalisieren wollen", erwiderte Lennet im gleichen Ton.

„Ob das Flugzeug repariert ist?"

„Nein, dann würde sich vor allem Plana freuen. So aber hüpft Goffic am meisten herum."

In der Tat, der Funker schien höchst vergnügt. Von Zeit zu Zeit machte er sogar eine Andeutung von Tanzschritten.

Und jäh begriff Lennet den Sinn ihres Ausfluges zu Saturnin: Man hatte am Nachmittag Versuche mit den neuen Raketen gemacht, und Baret war beauftragt worden, die beiden Gestrandeten so weit wie möglich fortzubringen. Die Detonationen, die Liane und Lennet gehört hatten, stammten von den Schüssen, die auf die Unterwasserbojen abgefeuert worden waren. Und so war auch die Freude Henry Goffics leicht zu erklären: Das Experiment war gelungen, die Aufgabe war vollendet. Er konnte in die Bretagne und heiraten!

Unter diesen Bedingungen lag es auf der Hand, daß der feindliche Spion sich beeilen mußte, seinen Vorgesetzten die Ergebnisse durchzugeben. Ohne Zweifel mußte er noch die Zusammenfassung der Ergebnisse abwarten, außer er besaß bereits alle Informationen. Dann konnte nur der Chefingenieur der Verräter sein! Aber nein. Auch der besaß nicht alle Informationen, wenigstens nicht zur Stunde. Er kannte noch nicht die Zielbedingungen, er kannte nicht die Meeresbedingungen, die wiederum nur Goffic und Baret besaßen. Es blieben also noch vierundzwanzig Stunden oder ein paar mehr. So lange würde es sicher dauern, bis alle Ergebnisse zusammengefaßt und der Spion sie durchgeben konnte . . .

Lennet, der eben noch geglaubt hatte, drei Tage Zeit zu haben, hatte nur noch einen Tag, höchstens zwei Tage, um zu verhindern, daß der Gegner alles erfuhr. Und das galt es um jeden Preis zu verhindern. Und um jeden Preis bedeutete dies auch die Anwendung der Operation „Lindenblüte", wenn es keine anderen Möglichkeiten mehr gab.

Die Befehle, die Lennet erhalten hatte, waren eindeutig. „Wenn es Ihnen nicht gelingt, den Spion ausfindig zu machen", hatte sein Vorgesetzter Hauptmann Montferrand erklärt, „haben Sie den Befehl, die ganze Einrichtung Atropos zu zerstören. Es genügt, wenn Sie eine kleine Dosis des türkisfarbenen Pulvers, das Sie im Labor unter dem Namen ‚Lindenblüte' finden, in einen Behälter mit Raketentreibstoff schütten. Nach einer gewissen Zeitspanne, die je nach Menge des Pulvers zwischen drei und zwölf Stunden währen kann, wird der Treibstoff explodieren und die ganze Festung in die Luft fliegen. Es gibt kein Gegenmittel. Nur müssen Sie rechtzeitig den Chef Porticci benachrichtigen, damit sich die Leute noch in Sicherheit bringen können. Das ganze Personal wird dann verhaftet, eingesperrt und verhört, bis der Täter gefunden ist! Verstanden?"

Lennet hatte verstanden. Und ob er verstanden hatte. Montferrand hatte ja nicht undeutlich gesprochen. Aber der Plan „Lindenblüte" war dennoch nicht nach Lennets Geschmack. Die Einrichtungen zerstören, die so viel Geld gekostet hatten? Und dabei den Tod mehrerer Menschen zu riskieren, von denen ihm ja ein gewisser Leutnant des Geheimdienstes nicht völlig gleichgültig war? Sich der Wut des Chefingenieurs zu stellen, wenn er ihm die Sabotage gestand? Zugeben, daß die Mission „Schere" bisher gescheitert war. Das alles gefiel dem jungen Geheimagenten keineswegs. Er wußte jedoch, daß dies nicht der richtige Augenblick war, sich zu unüberlegten Handlungen hinreißen zu lassen und daß alle Unannehmlichkeiten unendlich viel besser waren, als einer feindlichen Nation die Geheimnisse zu überlassen, die ihr eine absolute Überlegenheit auf den Meeren eintragen würden.

Während sie gemeinsam zur Villa zurückgingen, kam Lennet, dessen Gehirn fieberhaft arbeitete, zu folgendem Schluß:

Ich gebe mir noch vierundzwanzig Stunden, in denen ich die ganze Mannschaft beobachte. Wenn ich morgen um diese Zeit noch nichts entdeckt habe, wende ich den Plan „Lindenblüte" an.

Nachdem er seine Entscheidung gefällt hatte, gab er vor, heftige Kopfschmerzen zu haben.

„Was fehlt Ihnen, Jérôme?" erkundigte sich Madeleine Terran besorgt.

„Oh, nichts weiter", erwiderte er, „ich habe wohl auf dem Boot einen kleinen Sonnenstich gekriegt."

„Du hast wohl ein empfindliches Köpfchen?" fragte Liane ironisch.

Er hatte keine Lust, sich auf ihre Stichelei einzulassen, erklärte jedoch, er werde trotzdem mit den anderen essen.

„Das wäre wohl der richtige Augenblick, ein Schlückchen Wermut zu trinken", meinte der Chef und ließ sich auf seinem gewohnten Stuhl nieder.

„Es tut mir leid, Chef, aber es ist keiner mehr da", antwortete Plana. „Oh, Entschuldigung, eine Flasche haben wir noch. Aber es ist die letzte."

Er holte sie aus dem Lager, und da es sich um einen besonderen Anlaß handelte, ließen sich auch Madeleine Terran und Henry Goffic, die sonst nicht tranken, ein Gläschen einschenken. Lennet nippte an seinem Glas und erklärte dann, es gehe ihm so schlecht, daß er doch nicht essen wolle.

„Es tut mir leid, daß ich die gemütliche Runde störe", murmelte er. „Aber ich glaube, es ist besser, wenn ich mich hinlege."

Alle bedauerten ihn, und Goffic erklärte sich bereit, ihn zum Zelt zu begleiten. Lennet willigte sofort ein: Endlich eine Gelegenheit, allein mit dem Bretonen zu sprechen.

Unterwegs redete Goffic voller Begeisterung von seiner Verlobten. Ja, er sang wahre Hymnen.

Lennet blieb plötzlich stehen. „Angenommen, Ihre Verlobte wird von Banditen bedroht, wenn Sie nicht die Geheimnisse preisgeben, die Sie durch Ihre Arbeit kennen. Was würden Sie tun?"

„Das ist . . ., das ist unmöglich", stammelte Goffic leichenblaß.

„Aber das ist sehr wohl möglich. Wie würden Sie reagieren?"

„Ich . . ."

„Nun?"

„Ich würde antworten, daß meine Verlobte es mir nie verzeihen würde, wenn ich etwas verriete, nur um sie zu retten. Das ist alles!“

Das kam in so energischem Ton, daß Lennet an der Aufrichtigkeit der Antwort nicht zweifeln konnte. Er ließ sich auf seine Luftmatratze fallen und bat Goffic, zu seinen Kollegen zurückzugehen.

„Ich hoffe, sie haben Ihnen noch etwas Wermut übriggelassen“, murmelte er mit schwacher Stimme.

„Das würde mich sehr wundern“, meinte Goffic lachend. „Wenn Plana und Porticci angefangen haben zu trinken, lassen sie keinem etwas übrig. Hier habe ich eine Decke von Madeleine für den Fall, daß Sie Fieber bekommen. Wickeln Sie sich richtig ein. Gute Besserung!“

Sobald er verschwunden war, wickelte Lennet die Decke so zusammen, daß es aussah, als läge er darunter. Dann kroch er auf allen vieren aus dem Zelt. Er hatte ebensowenig Lust, einen Pfeil abzukriegen, wie er Sehnsucht hatte, wieder ein Schlafmittel zu schlucken.

„Ich werde halt auf den Schlaf verzichten, wie ich auf das Essen verzichtet habe“, murmelte er vor sich hin, während er sich am Rand der Lichtung hinter den Büschen verbarg.

Nachdem er die richtige Stelle gefunden hatte, sah er auf die Uhr.

In zweiundzwanzig Stunden und zweiundzwanzig Minuten mußte er den Plan „Lindenblüte“ anwenden!

Das Versteck im Baum

Lennet war es gewohnt, eine Waffe bei sich zu haben. Nun, da er sich ohne Waffen möglichen Angriffen des Blasrohrschützen oder auch einer Riesenschlange ausgesetzt sah, fühlte er sich nicht besonders behaglich. Aber er war gut versteckt, das war die Hauptsache.

Es dämmerte, und gleich darauf wurde es Nacht. Das Konzert der Insekten erfüllte den Dschungel.

Plötzlich hörte Lennet leise Schritte. Ein Mann kam näher. Er versuchte, leise zu gehen, aber er war kein Meister im Schleichen.

Der Unbekannte erschien gerade in dem Augenblick am Rande der Lichtung, als der Mond aus dem Meer auftauchte und die Insel mit einem grünlichen Licht beschien. Eine kleine Gestalt. Also konnte es Plana sein, Baret oder aber der große Unbekannte, der irgendwie auf der Insel gelandet war.

Vorsichtig ging der Schatten zu Lennets Zelt und hob die Plane hoch. Im Inneren war es stockfinster, er konnte die zusammengerollte Decke wohl eher ahnen als erkennen. Aber er schien zufrieden zu sein, denn er ließ die Plane fallen, richtete sich auf und ging in Richtung Griffbrett der Gitarre. Lennet sah, daß er einen länglichen Gegenstand unter dem Arm trug. Vielleicht ein langes Fernglas? Oder ein Blasrohr? Der Geheimagent entschloß sich, dem Unbekannten zu folgen.

Der Schatten ging in flottem Tempo, und Lennet, der sich zwischen den Büschen und Bäumen vorwärtsarbeitete, um nicht bemerkt zu werden, hatte alle Mühe, ihm zu folgen. Dabei fragte er sich unablässig, was der andere wohl unter dem Arm trug.

Sie waren nun etwa eine Viertelstunde unterwegs. Da passierte der Unbekannte eine kleine Lichtung, die vom Mond hell erleuchtet wurde. Es gab keinen Zweifel. Vor ihm ging Plana, der Sicherheitsoffizier, und was er unter dem Arm trug, war keineswegs ein Fernglas, ein optisches Gerät, um damit Signale zu geben, es war schlicht und einfach eine Flasche Wermut. Jene Flasche, die der Offizier seinen Kollegen gebracht hatte, war also nicht die letzte, sondern die vorletzte gewesen, und jetzt machte er sich daran, die letzte für sich allein zu trinken.

Der geheimnisvolle Schatten schlich über eine kleine Lichtung

Angewidert wandte Lennet sich ab und ging zur Lichtung zurück. Noch ehe er sein Zelt sah, bemerkte er eine Gestalt, die vor dem Eingang kniete.

Sollte das unser Blasrohrliebhaber sein, fragte sich der junge Geheimagent.

Er schlich näher, und als er die richtige Entfernung erreicht hatte, sprang er. Genau auf den Rücken des ungebetenen Besuchers. Mit einem Karategriff hielt er ihn fest.

Einen Augenblick lagen die beiden Gegner bewegungslos auf dem Boden. Dann sagte Liane ganz leise: „Was ist los mit dir, Jérôme? Hast du dich plötzlich zu einem Miniatur-James Bond entwickelt?“

Überrascht ließ Lennet sie los.

„Was suchst du in meinem Zelt?"

„Ich wollte Neuigkeiten berichten. Und warum warst du nicht da?"

„Hm, ich dachte, die frische Luft unten am Meer würde mir guttun", antwortete Lennet und dachte daran, daß hier vielleicht Mikrofone verborgen sein konnten.

Auch Liane dachte daran. Sie machte ihm ein Zeichen, daß er ihr in den Dschungel folgen solle.

„Du bist aber auch nie da, wenn man dich braucht", fuhr Liane ihn an, als sie außer Reichweite der vermuteten Mikrofone waren. „Ich glaube wirklich, daß ich als Geheimagent mehr leiste als du. Ich habe den Verräter entdeckt!"

„Aber das hast du doch schon gestern."

„Wer? Ach so, Goffic. Da habe ich mich getäuscht. Er tut wohl nichts Schlimmes, wenn er die Gespräche aufnimmt. Nein, Porticci kommt mir höchst verdächtig vor. Ich blieb in der Villa, bis sie mich vor die Tür setzten. Dann habe ich mich versteckt, um zu sehen, was weiter passiert."

„Warst du denn sicher, daß etwas passiert?"

„Ich hoffte es. Porticci hat die Villa mit Papieren in der Hand verlassen. Eine ziemlich dicke Rolle. Dann ging er bis zu einer Bananenstaude etwa hundert Meter entfernt. Dort blieb er einige Sekunden stehen. Als er zurückging, bin ich zu dem Baum hingelaufen. Dort ist eine Höhlung, die gut als Versteck geeignet ist."

„Waren die Papiere darin?"

„Nein, die Höhle war leer."

„Und Porticci?"

„Nun ja, während ich die Höhlung untersuchte, habe ich ihn aus den Augen verloren. Ich bin ihm noch nachgegangen, aber ich wußte nicht, in welcher Richtung er verschwunden ist. Vermutlich wäre es gescheiter gewesen, ihm zu folgen, als den Baum zu untersuchen!"

Schneider-Buch **Preisrätsel**

400 Bücher zu gewinnen!

Postkarten-Porto

Postkarte

Schneider-Buch

D-8000 München 100

Als Geschmacksmuster geschützt.

Name: ____________________

Straße: ____________________

Postleitzahl: __________ Ort: ____________________

Achtung:

Absender nicht vergessen!
Nur mit Schreibmaschine oder mit Kugelschreiber in Blockbuchstaben ausfüllen!

Ich bin ________ Jahre alt.
Ich bin ☐ ein Junge
Ich bin ☐ ein Mädchen

Es werden nur ausreichend frankierte Rätselkarten angenommen. Benachrichtigt werden nur die Gewinner. Der Rechtsweg ist ausgeschlossen. Die Beteiligung ist nicht an den Kauf eines Schneider-Buches gebunden. Du bekommst die Karte auch lose in deinem Buchgeschäft.

Hier abtrennen

„Vermutlich hattest du Angst, der Baum könnte in der Zwischenzeit weglaufen?“

„Eins zu null für dich! Zugegeben. Ich habe Porticci erst eine Viertelstunde später wiedergesehen, wie er an einer anderen Stelle aus dem Dschungel kam. Er hatte die Papiere nicht mehr bei sich. Was kann das deiner Meinung nach bedeuten?“

„Ich weiß nicht“, antwortete Lennet langsam. „Ich hatte bisher keine Gelegenheit, mit Porticci allein zu sprechen. Ebensowenig wie mit Plana.“

„Wenn du mit ihnen sprichst, erfährst du nichts. Es ist besser, du gehst in die Villa und untersuchst die Büros.“

„Eine ausgezeichnete Idee. Vielen Dank, vielen Dank!“

„Wohin gehst du?“

„In die Villa, die Büros durchsuchen! Schlaf gut!“

In der Tat ging Lennet in Richtung Villa. Mehrere Fenster waren erleuchtet. Lennet glaubte, die Schreibmaschine von Madeleine Terran zu hören. Offensichtlich war Porticci dabei, seinen Abschlußbericht zu verfassen. Aber was waren das für Papiere, die er in den Dschungel getragen hatte? Oder hatte Liane die Geschichte erfunden, um ihn auf eine falsche Spur zu locken?

Da die Atropisten noch nicht schliefen, kam es nicht in Frage, ihrem Haus einen zweiten Besuch abzustatten. Wozu sollte ein solcher Besuch auch gut sein? Er würde so wenig ergeben wie der erste. Es war also besser, draußen zu wachen, um zu sehen, ob einer von den Leuten Kontakt mit einem Fremden aufnahm.

Lennet suchte eine Stelle, von der aus er das Haus beobachten konnte und setzte sich nieder. Gegen Mitternacht erloschen nacheinander die Lichter.

Und als die Sonne aufging, sah sie einen erschöpften Lennet, der Mühe hatte, die Augen aufzuhalten. Nichts war geschehen.

Es blieben nur noch zwölf Stunden!

In seinem Zelt erwartete ihn eine Überraschung: In der

Decke steckte ein Plastikpfeil mit einer Stahlspitze, ähnlich dem, den er zwei Tage zuvor gesehen hatte. Er zog ihn heraus und untersuchte die Spitze. Sie war von einer roten Schicht überzogen. Lennet glaubte nicht, daß dies einfach zur Verzierung angebracht war. Es war vermutlich ein tödliches Gift . . .

„Gut, daß ich wach geblieben bin", sagte er sich.

Da er nicht glaubte, am hellichten Tag in der Nähe der befestigten Villa angegrifffen zu werden, streckte er sich auf seiner Luftmatratze aus und schlief rasch ein.

Aber sein Schlummer dauerte nicht lange.

„Blanchet! Wie geht es Ihnen? Besser als gestern abend?"

Es war Porticci, der mit seiner kräftigen Gestalt den Eingang zum Zelt völlig ausfüllte.

„Monsieur", sagte Lennet mit gespielt schwacher Stimme, „es ist sehr liebenswürdig, daß Sie sich nach meinem Befinden erkundigen. Um so mehr, als unsere Anwesenheit auf der Insel Ihnen soviel Kopfzerbrechen bereitet!"

„Nicht im geringsten. Haben Sie Fieber gemessen?"

„Die Temperatur ist fast normal."

„Das freut mich. Meinen Sie, Sie können morgen mit der Maschine fliegen?"

„Aber sicher!"

„Dann bis bald."

„Porticci", rief Lennet, der nach einer Frage suchte, mit der er den Ingenieur in ein längeres Gespräch verwickeln konnte. „Was machen Sie, wenn Ihre Untersuchungen über die fliegenden Fische hier abgeschlossen sind?"

„Ich rechne damit, ins Forschungszentrum der Luft . . . Oh, ich bitte um Entschuldigung, aber das ist geheim, und ich darf Ihnen nichts davon sagen. Lassen Sie sich's gutgehen."

Er verschwand.

Da er nicht den ganzen Tag im Zelt bleiben und gleichzeitig weitere Nachforschungen anstellen konnte, gab Lennet vor, sein Zustand habe sich wieder etwas gebessert und begab sich wieder auf den kleinen Hügel, von dem aus er die Villa beobachten konnte. In der Nähe war eine kleine Quelle, so daß er auch etwas zu trinken hatte. Zwar hatte ihm Madame eine Flasche Kaffee gebracht, aber er traute sich nicht, davon zu trinken. Denn jetzt fürchtete er nicht nur ein Schlafmittel, sondern auch Gift.

Lange Zeit geschah nichts. Alle Leute in der befestigten Villa schienen mit ihren Arbeiten beschäftigt zu sein.

Doch gegen zwei Uhr verließ Baret das Haus, sah sich um und ging dann in den Dschungel. Lennet glaubte zuerst, er wolle nach ihm sehen, doch er wandte sich nach links. Er ging zu dem Bananenbaum, in dem Liane die Höhlung entdeckt hatte.

Lennet folgte ihm vorsichtig. Baret – ein Spion? Das erschien ihm unwahrscheinlich. Aber möglich war alles, wie Lennet aus Erfahrung wußte.

Als der Geheimagent zu dem Baum kam, war Baret verschwunden. Lennet ging um den Stamm herum, der mit seinen Luftwurzeln recht bizarr aussah. Es dauerte eine Weile, ehe Lennet zwischen zweien dieser Wurzeln die Höhlung entdeckte. Lennet steckte die Hand hinein und betete dabei zum Himmel, es möge nicht gerade eine Giftschlange darin stecken, die sich über die Störung ihrer Mittagsruhe ärgerte. Aber statt auf die Giftschlange stieß er auf ein Bündel Papiere. Sie waren von Hand beschrieben. In einer Schrift, die weder Porticcis noch Planas Handschrift entsprach.

Er überflog die Blätter. Es waren komplizierte Berechnungen.

Lennet, der ja weder Ozeanograph noch Mathematiker war, konnte sie nicht entziffern. Offensichtlich handelte es sich dabei lediglich um Skizzen, doch auch als Skizzen waren sie sicher höchst wertvoll. Allerdings nur, wenn man sie in Verbindung mit den Ergebnissen der anderen Untersuchungen sah.

Lennet dachte kurz nach und schob dann die Papiere wieder in die Höhlung zurück. Es war nicht der richtige Augenblick, den Feind darauf aufmerksam zu machen, daß er ihm auf der Spur war.

Nachdenklich ging er wieder zu seinem Beobachtungsposten zurück. Dort blieb er liegen und beobachtete jeden Winkel. Alles blieb ruhig.

Schade, dachte Lennet, daß ich noch keine Gelegenheit hatte, mit Plana allein zu sprechen. Er ist zwar unsympathisch, aber offensichtlich versteht er sein Handwerk. Vielleicht wäre es richtig gewesen, sich mit ihm zusammenzutun.

„Grüß dich, mein Bester", sagte in diesem Augenblick die Stimme Planas. „Was macht das Wehwehchen?"

Lennet fuhr herum. Hinter ihm stand der Sicherheitsoffizier. Völlig in Gedanken versunken, hatte Lennet überhaupt nicht bemerkt, wie der andere näher gekommen war. Offensichtlich verstand sich der Büromensch Plana auch aufs Anschleichen.

„Es geht etwas besser, danke", entgegnete Lennet höflich.

„Prima. Kannst du gehen?"

„Aber . . . ich glaube schon."

„Dann komm mit. Es ist höchste Zeit, daß wir mal miteinander sprechen. Findest du nicht auch?"

Klein und schwarz, mit kalten Augen und höhnisch verzogenem Mund stand Plana hinter dem jungen Geheimagenten und starrte ihn an.

„Ich möchte schon gern", erwiderte Lennet und stand langsam auf. „Ich fürchte nur, daß Sie bei dem Spiel nicht viel gewinnen können. Ich habe wenig Ideen."

„Dann teile ich die mit dir, die ich habe", knurrte Plana verächtlich. „Komm. Und zwar ein bißchen schneller!"

Ein tödlicher Irrtum

In wenigen Minuten würde die Sonne untergehen. Rote Wolken standen über dem Horizont. Wenn das Gespräch mit Plana kein greifbares Ergebnis brachte, mußte Lennet in einer Stunde mit der Aktion „Lindenblüte“ beginnen. Aber warum trug der Leutnant über dem Hemd eine Jacke, obgleich es so warm war? War er bewaffnet und wollte die Waffe verbergen? Durch Lennets Kopf schoß ein Verdacht: Handelte es sich etwa um ein Blasrohr?

Plana ging mit großen Schritten voran. Sie erreichten den Strand, wo das Boot festgebunden war. Der Offizier zog es an der Leine heran.

„An Bord!“ befahl er knapp.

Lennet sprang ins Cockpit. Er erwartete, daß der Offizier ihm folgte, doch als er sich umdrehte, sah er, daß davon nicht die Rede war. Plana blieb auf dem Felsen stehen, schlug die Jacke auseinander und brachte eine Maschinenpistole zum Vorschein. Der Lauf war direkt auf Lennets Brust gerichtet.

„He, he, Vorsicht!“ warnte Lennet. „So ein Ding ist kein Spielzeug. Ich hoffe, sie ist gesichert!“

„Sie ist nicht gesichert“, antwortete Plana gelassen, „und in einigen Sekunden wirst du das auch merken. Wenn du vorher noch etwas zu sagen hast, dann sprich!“

„Über was möchten Sie denn gern sprechen. Vielleicht über Wermut? Es muß doch schön sein, eine Flasche ganz für sich allein unterm Sternenhimmel zu trinken.“

„Davon verstehst du nichts“, sagte Plana geduldig. „Ich habe nicht die Absicht, Spielchen mit dir zu treiben. Ich habe nicht einmal die Absicht, dich zu verhören. Du bist ein Verräter, du wirst es mit dem Leben bezahlen, fertig! Wenn du noch jemandem eine persönliche Nachricht zukommen lassen willst, dann werde ich es ausrichten. Aber beeile dich!“

Die kleinen, bösen Augen Planas waren auf Lennet geheftet. Sein rechter Zeigefinger lag am Abzug der Maschinenpistole. Aus einer Tasche seiner Jacke lugte der Hals einer Flasche heraus. Aber der Mann wirkte nicht betrunken.

„Vorsicht! So ein Ding ist kein Spielzeug!“ warnte Lennet den Sicherheitsoffizier

„Sie halten mich für einen Verräter?" fragte Lennet, um Zeit zu gewinnen. „Aber Sie müßten eigentlich wissen, daß Frankreich ein zivilisiertes Land ist, wo man Verräter vor Gericht stellt. Nicht einmal Sicherheitsoffiziere haben das Recht, sie abzuknallen!"

Ein ironisches Lächeln glitt über die Lippen Planas.

„Offiziell hast du recht", sagte er. „Aber ich habe ausdrücklich den Befehl vom Chef der ‚Abteilung für Ausschaltung von Gegnern' erhalten. Jeder Verdächtige muß getötet werden. Die Sache ist zu gefährlich. Du hast dich jetzt lange genug hier herumgetrieben. Glaubst du, ich habe gestern nicht bemerkt, daß du mir gefolgt bist? Ich bin einer der besten Sicherheitsoffiziere Frankreichs, mein Kleiner. Und jetzt entscheide dich! Wenn du noch etwas zu sagen hast, vielleicht einen Gruß an deine Mutter, dann los. Aber erwarte nicht, daß du mich hinhalten kannst. Für mich bist du schon tot!"

„Moment, Faselkopf", fuhr Lennet dazwischen. „Für mich bin ich durchaus noch lebendig. Und wenn es Sie interessiert, so teile ich Ihnen mit ..." Er zögerte noch einen Augenblick, die entscheidenden Worte auszusprechen. Aber für den Fall äußerster Gefahr war er ermächtigt, sich zu erkennen zu geben. „Ich teile Ihnen mit, daß ich französischer Offizier bin. Ich gehöre zu einem Geheimdienst und ..."

Während er sprach, bewegte er sich langsam zum Bord des Bootes hin.

Plana brach in ein bellendes Gelächter aus.

„Erzähl das deiner Großmutter. Du bist ein Spion und kein besonders guter. Ich habe bloß gewartet, bis die anderen alle unten in den Geheimräumen sind, um dich zu beseitigen. Sie brauchen ja nicht zu wissen, was ich mit dir mache. Das sind die Befehle von General Cordovan. Und jetzt mach die Augen zu. Ich schieße!"

Die Lage war böse. Sechs Meter trennten ihn von dem Leutnant, zu einem Angriff zuviel, zur Flucht zuwenig.

Mit einer heftigen Bewegung hob Plana die Waffe.

„Augenblick noch", bat Lennet. „Ich möchte doch noch eine Nachricht für Liane Dorante hinterlassen. Sie . . ."

Plana zuckte die Achseln.

„Die Dorante ist auch eine Spionin. Wenn ich dich liquidiert habe, kommt sie dran!"

Lennet wollte sich nicht ohne einen Rettungsversuch abschießen lassen. Er ließ sich über Bord fallen.

Die Maschinenpistole bellte los. Kopfüber stürzte Lennet ins Wasser. Er hatte die Oberfläche noch nicht erreicht, als eine Explosion ihn zur Seite drückte. Als er wieder auftauchte, sah er, daß das Boot nur noch ein Feuerball war. Die Kugeln Planas hatten den Treibstofftank getroffen.

Plana selbst stand am Ufer, ließ die Maschinenpistole herabhängen und hielt sich die rechte Hand.

Lennet schwamm ans Ufer.

„He, Leutnant", schrie er boshaft, „haben Sie ein Wehwehchen?"

In diesem Augenblick tauchte eine dritte Person zwischen den Büschen auf. Es war Liane. Sie hatte einen großen Stein in der Hand.

„Jérôme?" rief sie. „Lebst du noch?"

Plana wandte sich zu ihr um und verzog das Gesicht.

„Da brauche ich dich ja gar nicht zu suchen", brüllte er.

Er nahm die Waffe in die linke Hand und legte auf das Mädchen an.

Lennet sprang. Mit dem Fuß erwischte er ihn an der Hüfte, dann schlug er ihn mit einem gezielten Handkantenschlag nieder. Plana brach zusammen. Eine Flasche Wermut, oder vielmehr eine leere Wermutflasche fiel aus seiner Tasche und rollte ins Wasser.

„Jérôme, du hast mir das Leben gerettet", rief Liane und fiel Lennet um den Hals.

„Wenn ich richtig begriffen habe, war das eine Retourkutsche“, antwortete Lennet. „Du hast doch die rechte Hand Planas kampfunfähig gemacht.“

„Ja. Ich bin dir nachgegangen, um zu sehen, was hier gesprochen wird. Als ich sah, daß er dich aufs Boot springen ließ und töten wollte, dachte ich, daß er ja nur seine Pflicht tut, wenn du wirklich ein Verräter bist.“

„Aber als er davon gesprochen hat, daß er dich auch umbringen will . . .“

„Natürlich. Du lügst vielleicht, wenn du behauptest, für einen Geheimdienst zu arbeiten, aber von mir weiß ich sicher, daß ich keine Spionin bin! Ich weiß vielmehr genau, daß ich im Gegenteil für den Schutz dieser Erfindung arbeite, und zwar im Auftrag von General Cordovan.“

„Cordovan? Wer ist das?“

„Ein französischer Offizier. Groß, schön, braungebrannt, athletisch, blaue Augen . . .“

„Wie er aussieht, kümmert mich einen Dreck. Woher kennst du ihn?“

„Er ist vor einigen Monaten nach Obubu gekommen und suchte jemanden, um den Hafen zu überwachen für den Fall, daß sich dort verdächtige Gestalten zeigten. Wir lernten uns kennen. Ich habe ihm gesagt, daß ich für mein Land alles tun würde. So hat er mich aufgenommen. Ich bin Agent 713“, erklärte Liane, und sie schien sehr stolz auf sich zu sein.

Lennet kniete neben dem bewußtlosen Leutnant. Der arme Kerl würde sicher einige Stunden brauchen, ehe er das Bewußtsein wiedererlangte. Außerdem war die Hand gebrochen. Aber es war nichts, was nicht wieder heilen würde.

„Weiter!“ sagte Lennet zu dem jungen Mädchen, ohne es anzusehen. „Du hast mich verdächtigt, nicht wahr? So verdächtigt, daß du dich an Bord versteckt und eine Axt mitgebracht hast, um den Kompaß zu verwirren! Und dann hast du zweimal versucht, mich mit dem Blasrohr zu töten?“

„Ich habe niemals versucht, dich zu töten“, entgegnete Liane voller Abscheu. „Wenn ich es versucht hätte, dann hätte es auch geklappt! Ich bin gar nicht so ungeschickt, nicht einmal mit einem Stein. Und wenn ich ein Blasrohr gehabt hätte ... Nein, ich habe lediglich General Cordovan über einen Briefkasten Bericht erstattet, daß du angeblich nach Honolulu willst und daß ich heimlich mitfahren würde. Mehr weiß ich nicht."

Lennet stand auf. Ihm drehte sich der Kopf. Jetzt glaubte er zu wissen, wer der Verräter war. Alles fügte sich zusammen. Keine Minute zu früh. Er ahnte die Wahrheit!

„Und jetzt, Liane?" fragte er. „Hast du deine Ansicht geändert? Hast du jetzt Vertrauen zu mir?"

„Ich weiß nicht, was ich glauben soll. Ich weiß nur, daß du mir das Leben gerettet hast, daß Plana mich töten wollte und daß er sich dabei auch auf General Cordovan berief. Ich weiß nicht, wie das zusammenpaßt ..."

Lennet ging auf das junge Mädchen zu und nahm ihre beiden Hände. „Liane", sagte er ernst, „wir haben uns viel geärgert und uns gegenseitig verdächtigt, aber jetzt ist der Augenblick gekommen, zusammenzuarbeiten. Ich gebe dir mein Wort, daß ich die Wahrheit gesagt habe. Ich verlange von dir für einige Stunden blinden Gehorsam, und ich schwöre dir, daß du damit dem Land, das du so liebst, einen großen Dienst erweist. Machst du mit? Ja oder nein!"

„Was machst du mit mir, wenn ich nein sage?"

„Dann muß ich dich leider außer Gefecht setzen. Ich kann dich nicht frei herumlaufen lassen, nachdem du alles weißt!"

„Es scheint, als sei Plana tatsächlich für einige Zeit außer Gefecht!"

„Ja, und wenn er aufwacht, wird er schreckliche Kopfschmerzen haben. Also: Krieg oder Frieden?"

Liane taxierte Lennet mit ihren kühlen grünen Augen.

„Du bist nicht so schön wie General Cordovan und es fehlen dir auch noch zehn Zentimeter. Aber wenn du mir schwörst, daß wir für Frankreich arbeiten, mache ich mit."

„Danke Liane! Ich verspreche dir auch viel Suppe zu essen, damit ich noch etwas wachse. In der Zwischenzeit . . ."

„In der Zwischenzeit?"

Lennets Gesicht wurde hart.

„Ich frage mich, ob ich dir nicht falsche Hoffnungen mache. Um den Plan zu retten, brauchen wir etwas, was wir nicht haben . . . etwas, was ich mir vor fünf Minuten idiotischerweise vor der Nase habe wegschwimmen lassen. Und ohne diese Sache sind wir vielleicht verloren."

„Was ist es?" fragte Liane.

„Eine dieser besonderen Wermutflaschen", erwiderte Lennet.

Liane zog die Augenbrauen hoch. „Sonst fehlt dir nichts? Brauchst du etwas, um dich wieder auf den Damm zu bringen?"

„Genau. Nur würde mich eine leere Flasche genauso auf den Damm bringen wie eine volle."

„Es muß doch noch eine im Lager sein!"

„Nein, Plana hat die letzte gestern abend gehabt."

„Nun, vielleicht kann ich dir mit der dienen, die ich zum Fischen nehmen wollte."

„Oh, die hatte ich ganz vergessen. Meinst du, wir finden sie wieder?

„Nachsehen kann man ja mal."

„Sieh' du nach. Ich komme dann zum Strand."

Während Liane loslief, untersuchte Lennet schnell die Taschen des Bewußtlosen. Er fand nichts Bemerkenswertes außer einem Heft, in dem Plana peinlich genau alles Auffällige eingetragen hatte. Darin fand Lennet zweimal ein vom Radar erfaßtes Boot erwähnt: Einmal vor zwei Tagen, einmal von heute morgen.

Wenn ich nicht auf dem Holzweg bin, dachte Lennet, ist dies der Freund mit dem Blasrohr gewesen. Er ist weggefahren, weil er glaubte, er habe mich beseitigt.

Lennet lief zum Strand hinab. Das Mädchen war über die Überreste des Floßes gebeugt, wo in der Tat noch die Flasche angebunden war.

Lennet nahm die Flasche und gab Liane in ruhigem, aber energischem Ton seine Anweisungen. Sie hörte mit ernstem Gesicht zu und versprach, ihre Rolle so gut wie möglich zu spielen. Nachdem sie die Flasche im Gebüsch versteckt hatten, gingen sie zu der Stelle zurück, wo der bewußtlose Sicherheitsoffizier lag.

Der Lärm der Explosion war bis zur Villa gedrungen und hatte die anderen Bewohner alarmiert. Bis zu den Zähnen bewaffnet kamen sie angestürzt, allen voran Porticci.

„Was ist passiert?" fragte er.

„Ich weiß nicht", entgegnete Lennet. „Aber hier scheint etwas zu brennen."

Er zeigte auf den Lichtschein, den das brennende Boot in der Dämmerung verbreitete. Dann fanden die Inselbewohner ihren bewußtlosen Kameraden. Porticci kniete sofort nieder und untersuchte ihn.

„Er lebt", stellte er erleichtert fest. „Sein Puls geht sehr langsam, aber außer einer Verletzung an der Hand scheint er nicht verwundet zu sein."

„Seine Maschinenpistole ist entsichert", bemerkte Goffic. „Er muß geschossen haben."

„Ob jemand auf der Insel gelandet ist?" fragte Madeleine Terran.

Niemand wußte eine Antwort. Porticci und Goffic nahmen Plana bei den Schultern und den Füßen und trugen ihn zur Villa hinauf. Die anderen folgten. Lennet, der den kleinen Zug beschloß, fragte sich, ob nicht die beste Lösung darin bestand, allen die Wahrheit zu sagen. Aber nein: Die Leutchen würden sich aufregen, sie würden ihm nicht glauben wollen, sie würden sich weigern, ihm zu folgen . . . Und dann wäre alles verdorben. Er mußte die schwierige Sache allein durchstehen.

Man legte Plana auf sein Bett. Unter dem Vorwand, Medikamente zu holen, ging Lennet in das Badezimmer, in dem sich die Hausapotheke befand. Er nahm die Sachen, die notwendig waren, um den Verletzten zu versorgen, aber auch ein tiefblaues Fläschchen. Im Flur drückte er es Liane in die Hand.

Trotz der allgemeinen Verwirrung mußten die Spezialisten etwas essen, und Liane bot sich an, Madeleine bei der Zubereitung zu helfen. Als Madame Terran für einen Augenblick die Küche verließ, zog sie das blaue Fläschchen heraus und goß nach kurzem Zögern sowohl in die Wein- wie auch in die Wasserkaraffe je sechs Tropfen der Flüssigkeit.

Das Abendessen war alles andere als fröhlich. Man war unruhig wegen Planas Unfall und hatte auch selbst ein wenig Angst. Vor allem aber wurden alle sehr müde. Lennet und Liane, die keinen Tropfen getrunken hatten, gähnten trotzdem auffällig häufig, um nicht den Verdacht der anderen zu erwecken. Man trennte sich bald. Der Chef selbst überzeugte sich, daß die Tür, das Gitter und alle Läden geschlossen waren. Goffic saß am Radiogerät und wartete auf Nachricht. Die anderen gingen in ihre Zimmer. Porticci entschied, daß Liane bei Madame Terran und Jérôme Blanchet bei Monsieur Baret im Zimmer schlafen sollten, um nicht draußen ebenfalls überfallen zu werden. Angezogen warf der Ozeanograph sich auf sein Bett und schlief unverzüglich ein. Lennet rannte sofort in den Funkraum, wo Goffic schlafend am Tisch saß. Liane kam herein.

„Ich hoffe, die Dosis war nicht zu stark", rief sie. „Madame Terran schläft bereits wie eine Tote. Sie werden doch nicht sterben, Jérôme? Das wäre schrecklich. Und ich hätte sie getötet."

„Ich kenne das Schlafmittel sehr gut", beruhigte sie Lennet. „Den Leuten passiert garantiert nichts!"

Er setzte sich an den Tisch und verschlüsselte rasch folgende Meldung: Schere 2 an Schere 1. Dringend. Alle eingeleiteten Maßnahmen aufheben. Für die folgende Nacht Wasserflugzeug mit Bereitschaftskommando schicken. Erklärung folgt. Stop und Schluß.

Unter den ungläubigen Augen Lianes setzte er sich ans Funkgerät und gab die Meldung durch, als habe er nie etwas anderes in seinem Leben getan.

„Bist du Funker?"

„Wenn ich gerade nichts anderes zu tun habe. Jetzt aber an die Arbeit. Du hörst die Aufnahmen ab und veränderst sie so, wie ich es dir erklärt habe. Wenn Porticci oder Baret sprechen, machst du Schnitte, daß es so aussieht, als hätten sie an dieser Stelle Formeln aufgeschrieben. Ich schreibe dann einen Brief, der diese Meinung noch bestärkt!"

Während Liane sich an die Arbeit machte, ging Lennet ins Büro des Sicherheitsoffiziers. Madeleine Terran hatte ihm doch erzählt, daß sie von manchen Dokumenten auch Durchschläge für Plana machte. Und in der Tat fand Lennet in einer Schublade auch einen Stapel von Fotokopien. Es waren Briefe, von Porticci und Baret verfaßt, die sich an die vorgesetzte Dienststelle richteten.

Der letzte, der fast gänzlich aus Formeln bestand, begann mit den Worten:

„Sehr geehrter Herr Minister. Ich habe die Ehre, Ihnen zu berichten, daß die letzten Versuche von Atropos erfolgreich verliefen. Sie finden hier anschließend die Formeln für die Treibstoffe, die für die Versuche verwendet wurden. Ferner die erzielten Ergebnisse. Wie Sie feststellen können . . ."

Lennet las nicht weiter. Er setzte sich an die elektrische Schreibmaschine, tippte die Registriernummer des Briefes 1143/p/p/mt und schrieb dann folgenden Text:

„Sehr geehrter Herr Minister. Ich habe die Ehre, Ihnen Folgendes mitzuteilen: Die letzten Erfolge unserer Versuche sind überragend. Wir haben jetzt ein Lager von 325 Geschossen, die alle einsatzfähig sind. Entsprechend der von Ihnen erhaltenen Anweisung teile ich Ihnen hier die Formeln nicht mit. Ich habe die Ehre, Sie Ihnen später persönlich zu übergeben.

Ein unerwartet aufgetretenes Problem konnte glücklicherweise auch noch rechtzeitig gelöst werden. Während die letzten Treibstoffe völlig stabil sind, mußten wir feststellen, daß jene der früheren Versuche, die hier unternommen wurden, unter höheren Temperaturen nach einiger Zeit auf gefährliche Weise zu zerfallen beginnen. Es kann sogar zu Explosionen kommen. Doch wir konnten herausfinden, daß ein Zusatz von 0,042 Gewichtsprozent (hier schrieb Lennet die Formel von „Lindenblüte") die Treibstoffe stabil macht, ohne das geringste an ihrer Wirksamkeit zu ändern. Wir haben die Vorräte der früheren Treibstoffe alle mit diesem Verfahren behandelt. Die Ergebnisse sind hundertprozentig zufriedenstellend.

Mit vorzüglicher Hochachtung."

Lennet legte diesen Brief auf den Stapel der anderen und ging wieder in den Gang hinaus. Die Villa glich einem Dornröschenschloß: Alles schlief tief und fest. Lediglich Liane arbeitete eifrig im Funkraum.

Nachdem er durch einen Knopfdruck das Gitter und die Tür geöffnet hatte, ging der junge Geheimagent in die mondhelle Nacht hinaus. Zuerst holte er die Papiere, die Baret in der Bananenstaude verborgen hatte. Dann nahm er die Flasche mit, die sie im Gebüsch versteckt hatten und ging zu der befestigten Villa zurück.

Liane hatte ihre Arbeit beendet. Gemeinsam hörten sie das Ergebnis ihrer Bemühungen ab. Besonders begeistert war Lennet dabei von dem folgenden Dialog:

Porticci: Das ist eine ernste Stunde. Jetzt . . .

Baret: Sie wissen, daß . . .

Porticci: . . . kein Milliliter mehr . . . intakt . . . Katastrophe . . . Sofort SOS funken.

Baret: . . . als Chemiker . . .

Porticci: ... 20 Prozent ... 70 Prozent ... 9 Prozent ... 1 Prozent ... Wir wären gerettet.

Baret: Können Sie für die Formel garantieren? Man könnte ja auf ... verzichten. Was halten Sie davon?

Porticci: Absolut ... Sofort ausführen.

Baret: ... Mischung ... explosiv?

Porticci: ... Risiko ... höchstens ... Gesundheit.

Baret: Bravo ... Problem Atropos ... gerade noch davongekommen.

Doch ehe Liane ihn bearbeitet hatte, sah dieser Dialog völlig anders aus:

Porticci: Das ist eine ernste Stunde. Ich möchte mir jetzt ein Gläschen genehmigen.

Baret: Sie wissen, daß kein Tropfen Wermut mehr da ist.

Porticci: Sie meinen, kein Milliliter mehr? Ich habe geglaubt, eine Flasche sei noch intakt. Das ist eine Katastrophe. Goffic muß sofort SOS funken.

Baret: Sie als Chemiker müßten doch künstlichen Wermut herstellen können.

Porticci: Warum eigentlich nicht? 20 Prozent Alkohol, 70 Prozent Wasser, 9 Prozent Traubensaft, ein Prozent irgendwas, und wir wären gerettet.

Baret: Können Sie für die Formel garantieren? Man könnte ja auf das „irgendwas" verzichten. Was halten Sie davon?

Porticci: Absolut einverstanden. Wir werden die Sache sofort ausführen.

Baret: Fürchten Sie nicht, daß die Mischung vielleicht explosiv sein könnte?

Porticci: Keinerlei Risiko. Höchstens vergiften wir uns. Auf Ihre Gesundheit.

Baret: Bravo! Auf Ihre Gesundheit. Das Problem Atropos wäre fast nicht gelöst worden. Durch Sie sind wir gerade noch davongekommen.

Die Spule mit der Aufnahme wurde in die Wermutflasche

gelegt. Darauf kamen die Papiere Barets, die Dokumente aus dem Büro Planas, und das Ganze wurde mit einem Korken verschlossen.

„Und jetzt?“ fragte Liane.

„Jetzt machen wir einen Mondscheinspaziergang!“

Sie verließen die Villa und gingen zum Ende der Insel. Der Dschungel sang sein Nachtlied, das Meer klatschte leise gegen den Strand. Liane sah überall in den schwarzen Schatten Gefahren und ging eng neben Lennet, über den sie ihre Meinung gründlich geändert hatte. Der magnetische Schlüssel,

Von einem Riff aus schleuderte Lennet die Wermutflasche weit ins Meer

der ihm alle Türen öffnete, die Autorität, mit der er ihr ihre Arbeit zugewiesen hatte, sein funkerisches Können, wie er sich mit dem Schlafmittel auskannte, die Art, wie er das Flugzeug bestellt hatte und nicht zuletzt die Schnelligkeit, mit der er Plana außer Gefecht gesetzt hatte, dies alles hatte das junge Mädchen tief beeindruckt.

Als sie die Spitze der Insel erreicht hatten, wo man sicher sein konnte, daß die Flut die Flaschenpost nicht wieder ans Ufer zurückwarf, stellte Lennet sich in Positur und schleuderte die Flasche so weit hinaus, wie es nur ging. Mit einem matten Klatschen fiel sie ins Wasser. Hin und wieder blitzte sie im Mondlicht auf. Es war zu sehen, daß sie weiter hinausgetrieben wurde.

Baret hatte in seiner Aufzeichnung die Geschwindigkeit der Strömung von Paramotu nach Tupatu auf 2,3 Knoten geschätzt. Vermutlich war sie in dieser Nacht noch stärker, denn der Wind blies in der gleichen Richtung. Man konnte also 2,5 Knoten annehmen. Danach mußte die Flasche in siebeneinhalb Stunden an den Strand von Saturnins Insel geworfen werden. Der Anthropologe würde die Form erkennen und die Flasche an sich nehmen. Die Flasche selbst würde sein Lager vergrößern, den Inhalt würde er persönlich General Cordovan übergeben. Oder ihn per Funk benachrichtigen. Das spielte keine Rolle. Wichtig war, daß Cordovan zwei Dinge erfuhr: einmal würde er die Formel nicht auf gleichem Weg erhalten, zum anderen gab es hier eine Menge Raketen, die man nur abzuholen brauchte. Außerdem würde er erfahren, daß man die früheren Treibstoffe nur haltbar machen konnte, wenn man ein wenig von einem bestimmten Stoff zufügte: „Lindenblüte".

„Und was machen wir nun?" fragte Liane, ganz durchdrungen von dem Gedanken, mitten in einer großen Spionageaffäre drinzustecken.

„Du kannst machen, was du gern möchtest", antwortete

Lennet. „Ich gehe schlafen. Ich habe in der vergangenen Nacht kein Auge zugemacht. Ich werde mir eines dieser kleinen Schläfchen leisten, die bis elf Uhr morgens dauern! Wecken ist streng verboten!“

Die Verräter

In Wirklichkeit jedoch gab Lennet, ehe er sich völlig erschöpft schlafen legte, einen langen Bericht nach Frankreich durch, der über den Dienstweg an seinen Vorgesetzten Hauptmann Montferrand ging.

Montferrand hatte die Entscheidungsgewalt. Lennet hoffte, daß die Entscheidung in seinem Sinne ausfiel, aber er war im Augenblick viel zu müde, um sich auszumalen, was er tun würde, wenn Montferrand anders entschied, als Lennet das wünschte. Er konnte sich nur noch auf den Diwan im Eßzimmer fallen lassen.

Es war bereits heller Tag, als der Geheimagent keineswegs sanft aus dem Schlaf gerissen wurde. Porticci zog ihn heftig an den Füßen.

„Man hat uns Drogen gegeben, das steht fest“, grollte der Ingenieur. „Und Ihnen auch, wie ich sehe. Dennoch haben Sie mir eine Erklärung abzugeben. Ich habe gerade eine Nachricht vom Minister erhalten, nach der Sie zum Militärgouverneur der Insel oder so etwas Ähnlichem ernannt wurden.“

„Regen Sie sich nicht auf“, redete ein großer Kerl im Tarnanzug dazwischen. Er trug das Abzeichen des Leutnants. „Richtig ist, daß Sie sich vorläufig als verhaftet ansehen müssen und sofort auf Ihr Zimmer gehen werden. Ferner, daß die Operation, die ich hier zu leiten habe, von Leutnant Lennet veranlaßt wurde!“

Der Geheimagent setzte sich auf und rieb die Augen. Er

brauchte ein paar Sekunden, um ganz wach zu werden. Er sah sich um. Der athletische Porticci stand am Fuß des Diwans und hatte die Arme verschränkt. Plana war wieder bei Bewußtsein, saß aber zusammengesunken und sichtlich erschüttert in einem Sessel. Goffic, rot vor Aufregung, weil man ihn schlafend in seinem Funkraum gefunden hatte, versteckte sich hinter Madeleine Terran, die sehr unruhig wirkte. Baret raufte seine wirren weißen Haare. Professor Saturnin war auch da. Mit seinem Lendenschurz aus Hasenfell und seiner Nickelbrille wirkte er mürrisch und unzufrieden.

Liane streckte Lennet eine Tasse duftenden Kaffee hin.

Sechs Fallschirmjäger bewachten die Türen.

„Leutnant Lennet?"

„Hier!", rief Lennet und sprang auf. „Sie sind das angeforderte Kommando?"

„Richtig", entgegnete der Fallschirmjägeroffizier und reichte Lennet die Hand. „Mein Name ist Mercier. Glauben Sie wirklich, daß diese Witzbolde einen Handstreich unternehmen wollen?"

„Es ist ihre letzte Chance! Haben Sie das Wasserflugzeug mitgebracht, das ich angefordert hatte?"

„Selbstverständlich! Außerdem habe ich meine Burschen noch vergangene Nacht landen lassen. Sie stecken im Dschungel. Aber die Radargeräte? Der Feind muß doch wissen, daß die Insel damit gespickt ist."

„Ich erwarte eine Landung mit Unterseebooten oder mit Fallschirmjägern. Natürlich würde unser Radarsystem den Feind erfassen, aber es wäre dann zu spät, Verstärkung anzufordern!" erwiderte Lennet ernst.

„Nun gut", meinte Mercier gelassen. „Wir wissen, wie wir diese Burschen empfangen müssen."

„Moment, Moment", warf Porticci ein. „Sind Sie nun Blanchet oder Lennet?"

„Zu zehn Prozent Blanchet und zu neunzig Prozent Lennet!"

Der junge Geheimagent konnte sich ein leichtes Grinsen nicht verkneifen.

„Hätten Sie vielleicht die Güte, mir zu erklären . . ."

„Ja", erwiderte Lennet. „Ich erkläre Ihnen alles. Und ich entschuldige mich sogar bei Leutnant Plana, weil ich ihn ein bißchen niedergeschlagen habe. Aber Sie müssen zugeben, daß ich kaum eine andere Wahl hatte."

„Dann ist nicht er der Spion?" fragte Liane.

„Nein, meine Liebe. Leutnant Plana ist ein ausgezeichneter Sicherheitsoffizier, ein zu guter Sicherheitsoffizier und so besessen von seiner Aufgabe, daß er sich nicht einmal die Zeit nimmt, ein wenig nachzudenken. Wenn man bei ihm Sicherheit sagt, sieht er rot. Folglich sieht er überhaupt nichts mehr. Leutnant Plana wurde, zumindest vermute ich das, vor seiner Abreise zu einer Person gerufen, die sich General Cordovan nannte. Der General gab sich als Chef eines Supergeheimdienstes aus . . ."

„Abteilung Ausschaltung von Gegnern des militärischen Abschirmdienstes", warf Plana ein.

„Pech gehabt: Der militärische Abschirmdienst hat niemals eine solche Abteilung gehabt. Aber Cordovan kannte das Lied und spielte Ihnen etwas vor. Sagen Sie, wenn ich mich irre, Leutnant. Er gab Ihnen Befehle und behauptete, diese Befehle hätten absoluten Vorrang vor den offiziellen Anordnungen, die Sie erhalten haben. Er gab Ihnen zwei Befehle: erstens sollten Sie jeden Verdächtigen umbringen. Das ist gegen das Gesetz, aber Sie waren so verblendet von Ihrer Aufgabe, daß Sie nicht einmal daran dachten! Zweitens sollten Sie die Abteilung ‚Ausschaltung' auf dem laufenden halten, und zwar durch diese besonderen Wermutflaschen. Die Berichte bestanden aus Kopien von Dokumenten, die Sie von Madame Terran anforderten. Aus Papieren, die Sie in Porticcis Versteck fanden. Und diese Papiere wiederum bestanden aus Porticcis persönlichen Berechnungen und aus den Berechnungen Barets. Porticci hatte die

Berechnungen Barets aus der Bananenstaude geholt und versteckte sie zusammen mit seinen eigenen Aufzeichnungen in einem Versteck, aus dem dann Sie wiederum alles entnahmen."

„Was?" schrie Baret. „Porticci hat meine Papiere geholt? Aber Cordovan hat mir doch gesagt, ich solle ihm nicht trauen!"

„Und mir hat er aufgetragen, Plana nicht zu trauen", fügte Porticci hinzu. „Ich solle selbst über die Sicherheit der Mission wachen und deshalb die Papiere in einem hohlen Stein verstecken, aus dem der Geheimdienst sie dann holte."

„Und zu mir", schloß Saturnin, „zu mir, der ich nur beweisen will, daß der Mensch in Ozeanien entstanden ist, ist Cordovan gekommen und hat auf der patriotischen Saite gespielt.

Frankreich brauchte mich, es hätte keinerlei Einfluß auf meine Arbeit, wenn ich mit ihm in geheimer Verbindung stehe und blabla, blabla. Ich solle die Flaschen aufheben und ihm jedesmal, wenn er vorbeikam, den Inhalt übergeben."

„Sie haben ihm doch sicher auch die Sachen übergeben, die Sie heute morgen gefunden haben?" rief Lennet.

„Keine Angst", schaltete Mercier sich gelassen ein. „Wir sind vorher auf Saturnins Insel gelandet und haben alles mit dem Fernglas beobachtet. Ein kleines Boot mit zwei Mann an Bord landete. Einer von ihnen sprang ans Ufer. Professor Saturnin gab ihm verschiedene Rollen. Dann fuhr das Boot wieder weg. Wir haben anschließend Professor Saturnin mitgenommen."

„Und das Boot?" fragte Liane. „Sie haben es doch hoffentlich verfolgt?"

Der Offizier lachte.

„Eine Verfolgung auf dem offenen Meer wäre nicht gerade unauffällig! Nein, wir ließen es ungehindert wegfahren! Aber wir hoffen, die beiden Männer und vor allem General Cordovan schon bald wieder zu treffen!"

„Ich verstehe gar nichts mehr", sagte das Mädchen kopfschüttelnd. „Wer ist denn nun der Spion?"

„Wir alle", entgegnete Porticci. „Wir alle, so anständig und ehrenhaft wir auch sind. Wir waren alle Opfer der strengen Isolation hier auf der Insel. Opfer der Sicherheit. Jeder hat dem anderen mißtraut, und wir haben vergessen, menschlich zu denken."

„Haben Sie, Professor Saturnin, mit dem Blasrohr auf mich geschossen?" erkundigte sich Lennet. „Sie können mir ruhig die Wahrheit sagen. Da Sie mich nicht getroffen haben, bin ich Ihnen nicht böse."

„Nein", erwiderte der Anthropologe. „Das Blasrohr ist eine Spezialität von Cordovan."

„Wer ist dieser Mann eigentlich?" fragte Mercier.

„Ein ehemaliger französischer Offizier, der zum Feind übergelaufen ist. Er hat in der Spionageabwehr gearbeitet und kannte sich deshalb aus. So konnte er auch Ihre Namen erfahren, sich die Uniform verschaffen, Sie im Büro empfangen. Desertiert ist er erst später. Da niemand etwas von seiner Verbindung zu Ihnen wußte, konnte auch keine Verbindung zwischen seiner Desertion und Ihrer Aufgabe hergestellt werden."

„Aber was ist mit den Treibstoffen?" rief Porticci in das betroffene Schweigen hinein, das dieser Eröffnung folgte. „Wir haben dem Feind doch alle wichtigen Formeln geliefert! Ein fremdes Land kann sich damit ein ganzes Arsenal aufbauen."

„Ja, aber es wird es nicht lange behalten", entgegnete Lennet. „Ich hoffe es wenigstens!"

„Was machen wir jetzt?" wollte Baret wissen.

„Jetzt", erwiderte Mercier, „jetzt warten wir!"

Er ging zum Ausgang. Seine Männer folgten. Nur eine Wache blieb an der Tür zurück.

Eine rätselhafte Explosion

Es war zehn Uhr abends. Der Mond war noch nicht aufgegangen, als die Radargeräte die Annäherung von drei großen Hubschraubern registrierten. Lennet, der die Radarschirme überwachte, griff zum Feldtelefon.

„Mercier", sagte er. „Sie kommen!"

Da sie über Telefon und nicht über Funk miteinander

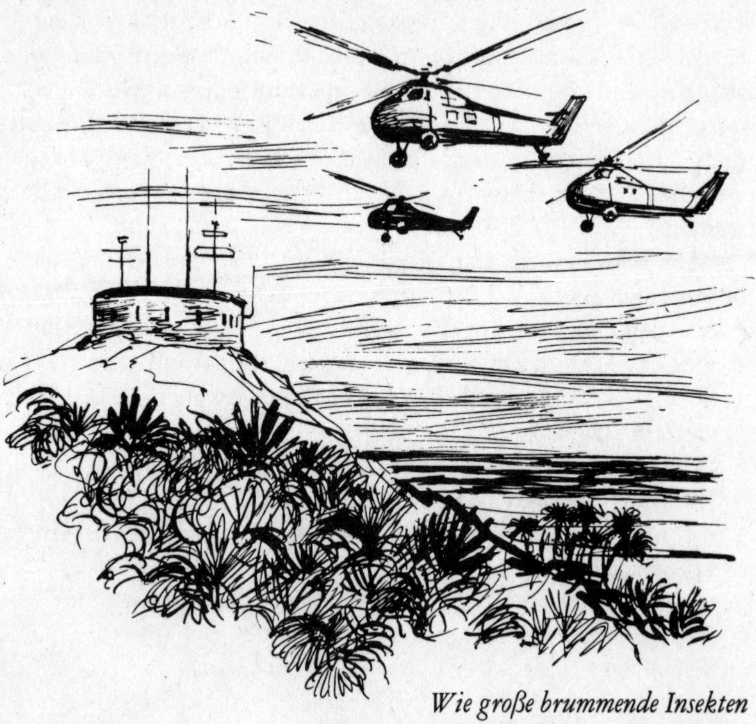

Wie große brummende Insekten näherten sich die feindlichen Hubschrauber

sprachen, brauchten sie nicht zu befürchten, daß der Feind sie hörte.

Die drei Maschinen näherten sich wie große brummende Insekten und setzten auf dem Hügel, auf dem die Villa stand, genau in dem Augenblick auf, in dem der Mond aufging und das Meer in sein silbriges Licht tauchte.

Aus den Hubschraubern sprangen Soldaten und rannten auf die gepanzerte Tür zu, während zwei Gruppen mit Schnellfeuergewehren und Panzerfäusten Stellung bezogen, um die Fenster zu beschießen.

Mercier ließ sie ruhig aussteigen. Dann meldete er über Feldtelefon: „Die Kerle sind in Stellung gegangen, Lennet. Du bist jetzt dran."

Der junge Geheimagent wandte sich zum Mikrofon, das neben ihm stand und mit einem Lautsprecher außerhalb der Villa verbunden war.

„General Cordovan", sagte er laut und energisch, „ich weiß nicht, ob Ihre Leute französisch sprechen, aber von Ihnen weiß ich es genau. Sie sind in die Falle gegangen! Sie sind eingeschlossen! Ihre Leute sind umstellt! Werfen Sie die Waffen weg und ergeben Sie sich. Vier Mörser und dreißig Schnellfeuergewehre sind auf sie gerichtet. Sie haben nicht die geringste Chance. Bei der geringsten verdächtigen Bewegung lasse ich schießen."

Einen Augenblick lang herrschte tödliches Schweigen. Dann hörte Lennet, verstärkt durch die Außenmikrofone, eine heftige Knallerei. Nun hielt es Lennet nicht mehr. Er ergriff eine Maschinenpistole und stürzte hinaus.

Als er vor der gepanzerten Tür ankam, hatte die Schießerei bereits aufgehört. Über der Lichtung lag ein blendender Feuerschein. Er kam von zwei brennenden Hubschraubern. Sie waren von Brandgeschossen getroffen worden. Zwanzig Gefangene gingen, bewacht von den Fallschirmjägern, auf den Dschungel zu.

„Und der dritte Hubschrauber?" fragte Lennet beunruhigt.

„Entkommen", erwiderte Mercier, und trotz der gewohnten Ruhe des Leutnants klang in seiner Stimme etwas wie ein Zittern durch. „Entkommen, mit Cordovan, der gar nicht ausgestiegen war! Er ließ die anderen die Dreckarbeit machen. Typisch Cordovan! Als Sie gesprochen haben, stieg er sofort senkrecht auf. Wir haben den Hubschrauber mit dem Mörser nicht getroffen, aber wir haben ihn mit Maschinenpistolen und mit Gewehren durchlöchert. Er ist trotzdem entkommen. Das werde ich mir nie verzeihen."

Am nächsten Morgen saßen die Inselbewohner und ihre beiden Gäste, Lennet und Liane, ruhig beim Frühstück. Professor Saturnin hatte verlangt, daß man ihn wieder zu seiner Insel brachte, und Baret hatte ihm eine Bescheinigung geschrieben, in der bestätigt wurde, daß er die Insel nur für wenige Stunden und nur unter dem Zwang der Umstände verlassen hatte. Alle Atropisten und drei Gruppen von Fallschirmjägern hatten den Wisch unterschrieben.

Im Radio des Speisezimmers hörten sie gemeinsam die letzten Neuigkeiten.

„Verehrte Hörer", begann der Ansager, „Sie werden sicher erfreut sein, daß morgen eine Delegation französischer Wissenschaftler auf unserer Insel Station machen wird. Es handelt sich um die Herren Porticci, Beret, Plana und Goffic, sowie um Madame Terran. Sie haben ihre Untersuchungen über die fliegenden Fische erfolgreich abgeschlossen!"

„Ich habe den Eindruck, als habe man uns verziehen", sagte Baret.

„Wenigstens zu achtzig Prozent", meinte Porticci. „Ich fürchte, Plana wird noch einigen Ärger bekommen, weil er so schnell mit seiner Maschinenpistole bei der Hand war."

„Das würde mich aber sehr wundern", entgegnete Lennet. „Ich habe nämlich leider ganz vergessen, diesen kleinen Zwischenfall zu melden."

„Vielen Dank, mein Freund, vielen herzlichen Dank“, sagte der Sicherheitsoffizier mit bewegter Stimme.

„Eine sensationelle Nachricht erreichte uns von der Insel Chagui“, fuhr der Sprecher fort. „Diese unbewohnte Insel ist aus ungeklärter Ursache plötzlich explodiert! Wissenschaftler nehmen an, daß es sich um eine vulkanische Explosion handelte. Aus geheimen Quellen wurde jedoch behauptet, es handle sich um ein Lager von Torpedos oder Raketen, das in die Luft geflogen sei. Vermutlich aber dürften die Wissenschaftler mit ihrer Meinung eher recht haben! Und nun weitere Meldungen: Zur Ankunft der Miß Frankreich auf unserer Insel . . .“

Porticci schaltete das Gerät ab. Was Miß Frankreich auf der Insel machte, interessierte die anderen nicht. In allen Gesichtern aber stand die Erleichterung deutlich geschrieben.

„Meint ihr nicht auch,“ fragte Goffic, „daß jetzt der richtige Augenblick gekommen ist, um ein bißchen zu feiern? Vielleicht ein paar Strophen aus einem bretonischen Volkslied . . .?“

Und schon stand er auf, lief hinaus und kam gleich darauf mit seiner Gitarre wieder.

Doch Lennet nahm sie ihm aus der Hand.

„Nein, lieber nicht“, sagte er. „Statt dessen werde ich spielen und singen. Ich bin in einem meiner früheren Fälle schon mal als Gitarrist aufgetreten! Oder hast du etwas dagegen, Liane?“

„Nein!“, erwiderte das junge Mädchen und lehnte sich zurück. „Ich höre alles lieber als bretonische Volkslieder!“

Titel der Originalausgabe:
LANGELOT SUR L'ÎLE DÉSERTE

Übersetzung: Werner Vetter
Deckelbild und Illustration: Walter Rieck
Textredaktion: Susanne Bestmann
Bestellnummer: 7944

ISBN 3 505 07944 8
Ein weiterer Band ist in Vorbereitung

Spannende Schneider-Bücher des Autors:

Geheimagent Lennet wird ausgebildet
Ein gefährliches Abenteuer beginnt
Geheimagent Lennets erster Auftrag
Jagd nach einer Raketen-Formel
Geheimagent Lennet und die Saboteure
In London passieren merkwürdige Dinge
Geheimagent Lennet und der Satellit
Der Kampf gegen einen Spionage-Ring
Geheimagent Lennet unter Verdacht
Wichtige Geheimakten verschwinden
Geheimagent Lennet und die Astronauten
Ein mysteriöser Marsflug
Geheimagent Lennet jagt das Geisterschiff
Gefälschte Funksignale von der Sonneninsel
Geheimagent Lennet und der Auftrag „Nebel"
Fremde Mächte bedrohen ein Land
Geheimagent Lennet und der verräterische Lippenstift
Eine Verfolgungsjagd auf Leben und Tod
Geheimagent Lennet und der Spinnenbaron
Betrüger erpressen Geheiminformationen
Geheimagent Lennet auf der Insel des Schweigens
Alarm in der Forschungsstation
Geheimagent Lennet und das tödliche Signal
Im Wettlauf mit der Katastrophe
Geheimagent Lennet in der Schlangenfestung
Sidney, die Qualle, hat einen teuflischen Plan

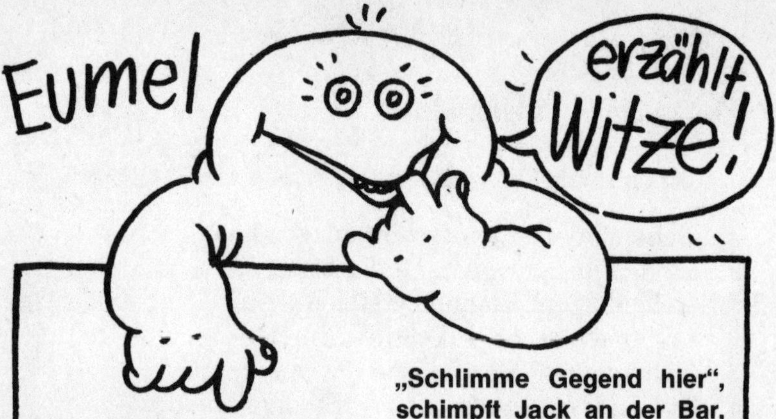

Zwei Nachbarinnen unterhalten sich. „Schwärmt Ihr Mann auch so für Nippsachen?“ fragt die eine.
„Nein, eigentlich nicht“, antwortet die andere. „Er nimmt lieber einen kräftigen Schluck!“

„Hat denn die Polizei den Einbrecher schon?“
„Nein, noch nicht, aber sie weiß, wo er sich rasieren läßt!“
„So? Wo denn?“
„Im Gesicht!“

„Verstehst du was von Karate?“ wird Graf Bobby von seinem Freund Rudi gefragt. „Nein“, antwortet Bobby. „Du weißt doch – ich mache mir nichts aus Brillanten!“

„Schlimme Gegend hier“, schimpft Jack an der Bar, „der ganze Tagesverdienst ist mir gestohlen worden!“
„War es viel?“ erkundigt sich Mary.
„Klar“, knurrt Jack, „vierzehn Brieftaschen.“

„Warum haben Sie ausgerechnet einen Seifenladen ausgeraubt?“ fragt der Richter.
„Weil es mir damals so dreckig ging!“

Der Richter sagt: „Also, hören Sie, Angeklagter, der Kläger hat fünf ausgeschlagene Zähne, und da behaupten Sie, Sie hätten ihm nur den Handschuh ins Gesicht geworfen!“
Erwidert der Angeklagte: „Na ja, Herr Vorsitzender, kann ja sein, daß ich vergessen habe, den Handschuh auszuziehen!“